실크로드 차이나에서 일주일을

비단길의 꽃들, 新오아시스 견문록

'만 권의 책을 읽고 만 리 길을 여행하리'

중국 속담

실크로드 차이나에서 일주일을
비단길의 꽃들, 新오아시스 견문록
ⓒ박하 2016

초판 1쇄 2016년 8월 25일

글 | 사진 박하

펴낸곳 도서출판 가쎄
등록번호 제 302-2005-00062호
주소 서울 용산구 이촌로319 31-1105
전화 070. 7553. 1783
팩스 02. 749. 6911
인쇄 정민문화사
홈페이지 www.gasse.co.kr
전자우편 berlin@gasse.co.kr

ISBN 978-89-93489-57-6

값 12,800원

실크로드 차이나에서 일주일을

비단길의 꽃들, 新오아시스 견문록

실크로드 차이나에서 일주일을

프롤로그- 신기루 너머 오아시스로

실크로드는 내가 오래 꿈꿔온 판타지다. 돌아보면 삼십 년도 더 된 것 같다. 그 세월 동안 실크로드라는 길고도 긴 퍼즐을 맞추려고 애써 왔다. 그러나 만만치 않았다. 알다시피 실크로드는 어림짐작만으로도 너무 길다. 세계지도 위에 빨간 줄로 그어놓은 길만 봐도 그렇다. 그래서 천 리 길도 한 걸음부터, 라는 신념으로 느긋하게 찾아가기로 했다. 레고블록으로 피라미드를 쌓듯이, 작은 지도 조각들을 맞춰 큰 지도를 완성하기로 작심하고 짬이 날 때마다 자투리 여행을 계속해 왔다. 사우디아라비아, 로마, 그리스, 터키, 다음으로 중앙아시아의 우즈베키스탄, 그곳의 도시들인 사마르칸트, 부하라, 타슈켄트 그리고 중국 대륙의 서쪽 구간 등등. 마치 흐릿했던 밑그림 위에 색칠을 하는 것처럼 말이다.

맨 처음 실크로드에 대해 호기심이 발동했던 때가 언제던가? 그때 기억으로 되돌아가 본다. 1980년대 초반, 나는 H 건설 소속의 건설 엔지니어로서 영상 40도가 넘는 사우디아라비아의 건설현장에 있었다. 그 현장은 바닷물을 끓여 민물을 만드는 담수 플랜트 현장으로서 한 쪽 편은 광활한 사막이고, 반대편은 모세가 출애굽기에서 건넜다는 홍해에 맞닿아 있었다.

처음에는 신기루 같은 실크로드보다 눈앞의 사막에 대한 호기심이 먼저였다. 30대 초반, 그 시절은 온몸으로 사막의 삶과 문화를 체험했던 기간이었다. 사막에는 어린 왕자도 영리한 여우도 없었지만, 호기심이 동하는 정경들은 꼬리를 물고 나타났다.

사막은 시시각각 요술처럼 변한다. 아침의 모습과 저녁의 그것이 확연히 다르다. 서서 보면 끝없는 지평선이지만, 앉아서 보면 넘실대는 바다 같다. 사막 위에 낙타 떼는 둥둥 떠다니는 배들 같다. 도대체 저 짐승들은 허허벌판에서 뭘 먹고 산단 말인가. 멀리서 바라볼 때는 보이지 않던 것들, 가만히 다가가 쪼그려 앉아 내려다보면 어두운 방에 반짝 불이 켜지듯 드러나는 생명들. 아! 입이 없어도 웃음 짓는 것들! 채송화보다 더 작은 풀꽃들에는 이른 아침이면 잎새마다 개미 눈물 같은 이슬방울이 송송 맺혀 있었다.

사막에서는 정교한 곤충! 전갈이 산다. 그들은 곧잘 심술궂은 어른들의 노리개가 되기도 했다. 한 마리를 생포하여 테이블 위에 올려놓아 보라. 아이돌 패션모델보다 더 앙증맞은 걸음걸이라니...

해거름 때 지평선에 늘어선 낙타 떼를 보면 장관이 따로 없다. 그 정경을 보며 자연스레 떠올렸던 사막의 대상(隊商), 흥미진진하게 읽었던 〈동방견문록〉, 그리고 마르코 폴로...˙아마도 중동 현장에서 낙타 떼와의 조우가 실크로드에 대한 최초의 상상이었을 것이다.

귀국 이후에도 나는 여전히 건설 엔지니어로 밥벌이를 지속해왔다. 그 와중에서도 향수처럼 시나브로 실크로드를 떠올렸다. 이윽고 그 관심은 실크로드 노선상의 나라들에 대한 역사와 건축으로 번져갔다. 나는 우리가 역사를 아는 것은 책을 통해서 일지라도, 역사를 인식하는 것은 인간이 남긴 건축물을 통해서라고 믿는다. 그것이 곧 건설 엔지니어의 관점이고 하니까 말이다.

나는 운명적으로 신의 창조물인 자연보다는 인간의 창조물인 도시에 관심이 많다. 또한 빼어난 자연보다 빼어난 인공에 감동하는 시인의 감성으로 느낀다. 그 도시가 이미 폐허로 변해 아스라한 흔적만 남았을지라도 그 폐허에서 이름 없는 장인의 숨결을 느낀다. 어느덧 실크로드는 내 상상의 변경에서 조금씩 중심으로 밀고 들어왔다.

'다시 대륙의 시대는 오는가?' 이것은 내가 늘 마음에 품고 있던 화두였다. 해양의 시대를 지나, 다시 중국이 세계의 중심이 되는 대륙의 시대가 올까. 지리적으로 보면 한반도는 대륙의 발판이자 해양으로 나가는 교두보이다. 하지만 지정학적으로 보면 분단국이고 여전히 섬 아닌 섬나라로 머물고 있다. 이런 환경이 은연중에 사람들의 의식까지 '우물 안 개구리'로 만드는 것 같다. 오래전에 1925년생 어느 원로 선배로부터 들었던 이야기가 생각난다. 그분이 일제강점기 중학교에 다니던 시절에는 부산역에서 출발한 기차를 타고 만주로 수학여행을 갔다는 것이다. 당시 그분에게 북녘땅의 도시들과 만주는 낯선 이국땅이 아니라 장차 꿈을 펼칠 무대로 여겼던 지역들이었다. 하지만 지금 우리에게 북녘은 어떤가? 눈에서 멀어지면 마음에서도 멀어지기 마련이 아니던가.

머지않은 장래에 실크로드를 기차를 타고 누빌 날이 왔으면 좋겠다. 한반도 종단 기차를 타고 북녘땅을 지나, 다시 중국 대륙을 횡단하여 저 멀리 실크로드까지 쉬지 않고 달려갈 그날!

이번 중국 대륙 구간이야말로 내겐 실크로드 퍼즐맞추기의 마지막 조각중 하나이다. 중국 대륙의 서쪽, 신장웨이우얼자치구의 성도(省都) 우루무치에서 시안까지를 아우르는 9일간의 여행. 노선을 열거하자면

우루무치, 투루판, 둔황, 자위관, 우웨이, 란저우, 시안 순이다. 우루무
치와 란저우와 시안을 제외하면, 나머지는 타클라마칸 사막과 고비 사
막 사이에 자리한 오아시스 도시들이다. 여정 기간 동안 마냥 신기루
같던 사막의 일곱 개 오아시스 도시들은 흥미로운 옛이야기를 들려주
었다. 절창 한시(漢詩)들을 생생하게 떠올렸고, 한편으론 대륙 시대의
도래에 대한 자문자답의 시뮬레이션을 거듭했다. 따지고 보면 깨달음
은 책이 아니라 길 위에 있다. 아득한 먼 옛날 이 길을 걸었던 혜초스
님으로부터도, 귀한 인연으로 동시대 같은 길을 함께 가는 도반(道伴)
들로부터도 배울 수 있기 때문이다.

　이번 답사를 떠나기 전과 돌아온 후에 실크로드 관련 책들을 여러
권 읽었다. 특히 인상 깊었던 책들로는 중국인 인기작가 위치우위(余
秋雨)의 〈중국문화답사기〉, 피터 홉커크의 〈실크로드의 악마들Foreign
Devils on the Silk Road〉, 발레리 한센의 〈실크로드-7개의 도시〉, 그리고 실
크로드에 관한 한 국내 최고 권위자 깐쑤 정수일 교수의 여행기를 꼽
겠다. 위치우위의 답사기는 마치 작자와 함께 시공(時空)을 누비는 기
분이다. 물론 중국인이 쓴 글이기 때문에 응당 중국 전통문화에 대한
자부심이 깔려있기 마련이다. 하지만 나로서는 한국인이고 전공분야
도 다르기 때문에 그의 감흥을 고스란히 공감하기에는 무리가 있었다.

다음 책, 〈실크로드의 악마들〉은 얼마나 생생한지 마치 다큐멘터리 영상을 보는 것 같다. 유럽인의 관점에서 19세기 말부터 20세기 초까지 중국의 문화재를 약탈해간 것을 반성하는 내용을 심층적으로 다루고 있어 손에 땀을 쥐듯 흥미로웠다.

또 한 권의 걸작, 예일대 여자 교수인 발레리 한센의 저작 〈실크로드-7개의 도시〉도 긴가민가하던 사실을 속 시원히 확인시켜준 책이었다. 기존에 실크로드의 노선은 동서양을 연결하는 한 방향의 노선이라는 학설이 지배적이었다. 하지만 한센은 이에 대항하여 동과 서를 잇는 기점과 종점이 따로 있는 게 아니라, 동서는 물론 남북 간에도 물물교환의 네트워크라는 관점을 제시하며 숱한 역사적 증거들을 제시하고 있다. 끝으로 깐쑤 정수일 교수의 여행기도 편협한 내 시각을 일시에 확장해 주었다. 실크로드가 시안에서 로마까지가 아닌 신라 수도 경주까지도 연결되었다는 흥미로운 논지를 주장하고 있었다.

말하자면 실크로드는 변화무쌍한 요리! 똑같은 재료를 가지고 요리사마다 다른 요리를 만드는 것 같다. 누가 말하지 않았던가. '책 한 권은 하나의 편견'이라고. 물론 내가 집필한 이 책 역시 또 하나의 편견의 산물이 아니라고 할 수 없다. 그러나 편견은 달리 말하면 관점이라는 말과 동의어이기도 하다. 나의 관점은 건설엔지니어의 관점이면서, 동시에 고대중국 문화와 한시(漢詩)에 공감하는 시인의 관점이라

하겠다. 그래서 이 책에는 의도하든 아니든 간에 무의식적으로 그런 관점들이 반영되어 있을 것이다.

대다수의 실크로드 여행자는 시안에서 우루무치를 향해 간다. 그러나 나는 일반적인 코스를 거슬러 가기로 했다. 주인 입장과 손님 입장이 다르듯이, 기왕이면 서역 쪽으로부터 중원으로 다가가는 것이 훨씬 더 흥미진진할 것 같았다. 이를테면, 이 역행 코스는 서역의 문화가 실크로드를 따라 중원으로 가면서 지역마다 어떤 영향을 주고, 어떤 흔적을 남겼는지에 대한 인과적 설명이 가능하리라 생각한다.

실크로드는 선(線)인가

실크로드는 대부분이 거친 사막길인 줄만 알았다. 중국 시안(西安)에서 고비 사막과 타클라마칸 사막을 건너 파미르 고원과 힌두쿠시 산맥을 넘어 로마까지 이르는 길, 최단거리 노선을 긋는다 해도 거의 1만km에 이르는 길인 줄만 알았다. 그랬는데 지난 1세기 동안 크게 세 갈래 길로 나뉘어 있었다는 사실이 드러났다. 초원의 길, 오아시스의 길, 그리고 바닷길이다. 유사 이래 실크로드 노선으로는 드넓은 스텝 초원의 길도 있고, 신기루가 사람을 홀리는 사막의 오아시스를 따라가는 길도 있고, 무역풍과 해류를 이용하는 바닷길도 있었다는 말이다. 또한 기점과 종점이 시안에서 로마까지로 한정되는 게 아니라, 시안에서 사방팔방으로 번져 가고, 그중에 한 노선은 한반도 신라의 수도 경주까지 연결되었다는 사실도 밝혀졌다. 결과적으로 실크로드는 선(線)이 아니라 거미줄 같은 네트워크였다. 그리고 그 거미줄은 생각보다 훨씬 더 먼 곳, 한반도의 동쪽 끝까지 드리워진 것이었다.

네트워크 같은 길들에 제일 먼저(?) 실크로드라는 이름이 붙었다. 그것은 알다시피 화물 중 가장 고가인 '비단silk'을 운반하는 길이었다. 따라서 흥미진진한 비단 이야기로부터 시작하기로 한다.

"비단옷은 신체를 보호할 수가 없고, 부끄러움마저 가릴 수 없다. 그 옷을 맨 처음 입어본 여성이라면 마치 자신이 벌거벗고 있는 게 아닌가 하고 착각할 정도이다. 바로 이 천이 침실에서조차 남편에게 자신의 몸매를 보여주기 꺼려했던 로마의 여인네들을 변화시켰다. 여인네들이 자신의 몸매를 드러내 주는 (잠자리 날개 같은) 비단옷을 입고 싶어 막대한 돈을 쏟아붓는데 주저하지 않는다. 그 바람에 상인들이 먼 미지의 나라(중국)까지 가서 이 옷감을 가져온 것이다."

로마의 정치가이자 사상가인 세네카(Lucius Annaeus Seneca, BC 4~65)의 〈행복론〉 중 한 대목이다. 중국의 비단이 로마제국 전성기 때 로마 여인들의 사치를 얼마나 조장했는지 십분 짐작할 수 있다. 무게로 달았을 때 비단이 금보다 훨씬 비쌌다고 하니, 비단으로 인한 로마제국의 재정 악화가 가속되었을 법하다.

중국의 비단이 사막길을 통해 로마까지 가는 장면을 상상해본다. 꼬리에 꼬리를 물고 일렬로 나란히 선 낙타들, 그 등에 바리바리 짐을 싣고 모래 바다의 뗏목처럼 이동하는 카라반caravan(隊商)들. 그들은 사막 위에 수없이 많은 발자국을 남기지만 한차례 모래바람이 휩쓸고 가면 그 흔적들은 거짓말처럼 말끔히 사라진다. 그렇다면 뒤따라오는 후속 카라반들은 길을 어떻게 찾아냈을까? 이정표는 낙타 똥과 가끔 나타나는 해골바가지들이었다고 한다. 해골바가지들의 정체는 사막길에서 최후를 맞은 불행한 상인들이나 구법승이었다.

이런 악조건에도 불구하고, 카라반들은 왜 사막을 통해 이동했을까? 작렬하는 태양 아래 낙타 등에 화물을 싣고 이동하는 거리는 하루에 겨우 20km 남짓이었다. 그런데도 바닷길보다 사막길을 고수한 이유가 뭘까? 당시에는 바닷길보다 사막길이 더 안전했다는 데 있다. 바닷길은 나침반의 등장과 조선술의 발전에 힘입어 15세기 이후에 비약적으로 발전했지만, 그 이전에는 아니었다. 바다에는 제대로 된 이정표가 없을 뿐더러 해적이 빈번히 출현하여 화물과 목숨을 노렸기 때문이다. 이와 달리, 사막길은 건조 기후 덕분에 화물이 상하지 않고, 습기가 없어 전염병도 없다. 또한 아무리 악랄한 강도라 해도 뜨거운 태양 아래 하염없이 고객(?)을 기다리기에 사막은 숨을 곳도 쉴 곳도 없는 악조건이기 때문이다.

  카라반이 실어 나른 것은 비단뿐만이 아니었다. 제지술, 칠기, 자기, 향신료가 동에서 서로 이동했고, 대리석, 옥(玉), 유리, 말(馬), 그리고 사상과 종교가 서에서 동으로 이동했다. 물건뿐만 아니라 사상과 종교가 유입되면서 동서양 문명도 서로 융합되었던 것이다. 고대 동서 간 교역의 통로에 처음으로 이름을 붙인 쪽은 서양이다. 독일의 지리학자인 리히트호펜(F. von Richthofen, 1833~1905)이 중국에서 중앙아시아, 인도로 이어지는 철도 노선을 구상하던 중, 고대 중국과의 비단 교역에 착안하여 자이덴슈트라쎈seiden Straβen, 즉 비단길이라고 명명했던 것이다.

  이름은 서양에서 붙였지만 본시 개척은 동양에서 했다. 한무제 때의 장건(張騫, BC ?~BC 114)은 비단길을 개척한 영웅으로 불린다. 그는 한무제의 명령을 받고 흉노 원정에 앞서 원군을 요청하기 위해 중앙아시아로 사신을 가던 중, 흉노족에 붙들려 포로 생활을 하는 등

천신만고의 모험을 겪게 된다. 그런 수난 끝에 10년의 세월을 지나 결국 서역에 대한 상세한 정보를 갖고 금의환향한 것이다.

우리나라에도 실크로드를 누빈 인물들이 있다. 대표적인 인물이 혜초스님(慧超, 704~784)이다. 혜초스님은 겨우 열여섯 살에 바닷길을 통해 당나라 유학길에 올랐고, 당나라에서 열심히 준비한 뒤, 스무 살에 다시 다섯 나라로 이뤄진 천축국 인도대륙으로 구법(求法) 순례를 떠난다. 인도에서 순례와 학업을 마치고 다시 장안으로 돌아오기까지 4년 동안의 기록이 여행기인 〈왕오천축국전〉인 것이다.

그 유명한 고선지 장군도 있다. 아버지 고사계 장군을 따라 어릴 적부터 서역의 전장(戰場)을 누비면서 아버지보다 더 훌륭한 대장군의 지위에 오른 인물이다. 만약 혜초스님과 고선지 장군이 없었다면, 우리에게 실크로드는 얼마나 허전하겠는가? 자세한 내용은 본문에서 다루기로 한다.

본론에 들어가기에 앞서 중국 고사를 하나 인용해 본다.

요동에 사는 어느 농부가 있었다. 하루는 그의 집의 암퇘지가 새끼를 낳았는데 머리털이 새하얗다. '아니, 이럴 수가? 어미 돼지도 아비

돼지도 털빛이 온통 새까맸는데 어떻게 새끼 돼지의 머리가 하얄 수가 있는가?'

이건 분명 나라의 길조라 여기며, 농부는 그길로 새끼 돼지를 등에 다 지고 베이징을 향해 떠났다. 물을 건너 산을 넘어 해거름 때가 되어 하동 마을에 이르렀다.

농부가 하동마을의 돼지우리를 보고 깜짝 놀랐다. 그곳에 있는 돼지들은 죄다 하얀 돼지들이 아닌가. 농부는 그길로 새끼 돼지를 등에 지고 터벅터벅 고향으로 돌아왔다.

'요동의 흰 돼지(遼東豕)'라는 고사로, '우물 속의 개구리(井中蛙)'와 흡사한 이야기다. 우리는 자신이 새롭게 알게 된 사실 하나가 대단한 뉴스거리인 줄로 종종 착각한다. 하지만 조금만 시야를 넓혀보면 다른 사람들에게는 이미 상식인 경우가 비일비재하지 않은가.

여행이 주는 미덕 역시 바로 이와 같다. 실크로드는 내가 책 속에서 상상하던 것과는 판이하게 달랐다. 내가 알고 있던 것은 기정사실인 것도 있었고, 잘못된 것도 많았다. 그래서 답사 현장에서 실상을 볼 때마다 나는 자꾸만 요동의 흰 돼지를 떠올렸다.

그럼 이제부터 실크로드, 신기루 같은 편견을 헤치고 사막 속 오아시스를 향해 떠나보자.

새림호
정하
우쑤
북정고성
이녕
후일궈쓰개항지
지무싸르
①우루무치
버즈커릭
교하고성
②투루판
(吐魯番)
가오창
배성
쿠처
아키쑤
커즈 얼 천불동
쿠얼러
이슬람교사원
카스
누란
잉지사
타스쿠르칸
타클라마칸사막
약강
엽성
훈치라푸개항지
체머
허텐
장강발원지

「시쭈우랑(河西走廊)」은 중국 간쑤성[甘肅省] 서부, 치렌[祁連]산맥 고비사막을 사이에 두고 저우로부터 우웨이, 장예, 지우첸과 자위관을 지나 둔황에 이르는 기다란 회랑지대이다.

첫 번째 도시- 우루무치, 만년설 덮인 보그다봉 아래

'전쟁보다는 불안한 평화가 훨씬 낫다'

—고대 속담

한밤중에 도적처럼 우루무치 공항에 내렸다. 낯선 땅에 내려 단기간에 귀한 것들을 훔쳐갈(?) 작정이니 도적 심보나 다름없다. 하기야 유사 이래로 실크로드의 이방인들은 십중팔구 약탈자들이었다. 그래서 그들은 '실크로드의 악마들'이란 불명예를 뒤집어썼던 것이다.

그들과 나와의 차이라면, 그들은 탐험가로서 목숨 걸고 사막을 누볐고, 나는 첨단 교통수단에 의지하여 콧노래를 흥얼거리며 누비는 탐사를 한다는 사실이다. 지난 1세기 동안 여행의 평균 속도가 비약적으로 높아진 덕분이다. 따지고 보면, 길은 언제나 지름길이다. 오솔길도, 문경새재도, 실크로드 역시 당대에는 가장 빠른 길이었다. 19세기 후반부터 20세기 초반까지의 탐험가들은 그 시대 가장 빠른 교통수단인 낙타를 이용했다. 당시에 낙타는 사막의 배로 불릴 정도였다.

나는 우루무치로 가는데 비행기를 이용했다. 하지만 찾아가는 길은 그리 간단치 않았다. 먼저 부산 김해공항에서 상하이까지 2시간 남짓 날아온 뒤, 상하이 박물관과 난징루(南京路) 등에서 여섯 시간을 보냈다. 그리고 해거름 때 상하이 푸동(浦東) 공항을 출발하여 무려 5시간 반을 날아온 것이다. 비좁은 이코노미석에서 온갖 요가 자세에다 졸다 깨다를 반복했다. 그런데도 별로 피곤하지 않았다. 난생처음 실크로드 중간 역참에 안착했다는 흥분 때문일 것이다. 직선거리만으로도 4,000km가 족히 넘는다. 현지시각은 이미 자정을 넘어 있었다. 그러나 그 시간에도 불구하고 공항 안은 한가롭지 않았다.

"한밤중인데도 여행객들이 제법 많네요!"

"그럼요! 우루무치를 찾는 사람들이 갈수록 늘어나거든요. 우루무치가 동남아의 허브공항인 방콕처럼 크지는 않지만, 그 역할은 비슷하답니다."

카우보이모자를 쓴 사십 대 사나이, 마중 나온 현지 가이드가 설명해준다. 지레짐작 같지만 우루무치는 더 이상 중국의 변방도 오지도 아니라는 느낌이다. 일단 안심이다.

중국을 맨 처음 여행했던 때의 기억이 문득 떠오른다. 1997년 8월 어느 무더운 날, 상하이 홍차오(虹橋) 국제공항에 내렸다. 검색대를 통과한 후, 최종 목적지인 구이린(桂林)행 비행기를 타기 위해 국내선 청사로 이동하는 중이었다. 눈앞에 저만치 정체불명의 하얀 피라미드 같은 무더기가 보였다. 대합실 한가운데 떡하니 자리를 잡은 저 무더기의 정체는 대체 무엇일까? 둘러보니 군데군데 그것들이 놓여있었다. 다가가 보니 그것은 다름 아닌 투명한 얼음덩이들이었다! 공항 대합실에 에어컨이 없기에 냉방용으로 마련해 둔 것! 우스꽝스러운 묘수에 다들 코웃음을 쳤던 기억이 난다.

당시는 '검은 고양이든 흰 고양이든 간에 쥐만 잘 잡으면 된다(黑猫白猫論)'는 구호가 행동강령이었던 시대! 덩샤오핑이 개혁개방정책(1978)으로 관광산업이 서서히 달아오르고 있던 시절이었다. 때마침 한중 수교(1992)까지 곁들여 한국 관광객들도 봇물이 터지듯 했다. 그래서 중국 정부는 임시방편 냉방의 묘수를 짜냈던 것이다. 그런데 불과 18년이 흐른 지금, 중국은 인프라 시설에 관한 한 세계 첨단을 구가하고 있다. 우루무치 공항 같은 변두리 지방 공항의 시설도 규모는 작아도 아주 세련된 모습이다.

우루무치는 몽골어로 '아름다운 초원'이라는 뜻이다. 넓은 초원은 유목민들에게 은총의 땅이다. 우루무치는 톈산 산맥 중간의 북쪽 기슭이자 중가르 분지의 남쪽에 자리 잡은 교통 요충지이며 실크로드의 중간 역참의 도시이다. 고대 실크로드의 한복판에 위치하여 바다에서 무려 2,250km가 떨어져 있다. 연평균 기온 섭씨 6.4도, 연평균 강수량 236mm 중온대 반건조 대륙성 기후에 속한다. 우루무치에 대한 소개 책자에는 만년설에 싸인 설봉, 얼음에 싸인 하천, 송림, 초원, 깎아지른 절벽, 그리고 천연호수 같은 중국 화폭에서 본 것과 같은 비경들이 눈을 사로잡는다. 과연 도시 생활에 찌든 사람들을 유혹하기에 충분해 보인다.

그럼에도 불구하고, 이 도시에 대해 내심 찜찜한 선입견이 있다. '분리 독립'을 요구하는 신장 위구르족의 테러! 잊힐만하면 등장하는 뉴스인데, 우루무치는 바로 이 위구르족들의 도시인 것이다. 우루무치는 과거 한때 동투르키스탄 공화국의 수도였던 곳(1944~1946)으로 지금도 분리 독립을 요구하는 시위가 종종 일어나고 있다. 내가 아는 상식으로는 티베트와 함께 중국의 시한폭탄, 화약고로 알려진 곳이다. 여행을 준비하는 동안에도 매스컴에서는 우루무치에 관한 불안한 뉴스들이 속속 올라왔다. 인터넷 검색을 해보고는 불안감이 가중되었다. 선혈이 낭자한 테러 진압 장면들이 수두룩 나왔기 때문이다. 등골이 서늘했다. 일행에게는 감히 말을 못 꺼냈다. 입 밖에 냈다가는 말이 씨가 될 것 같은 예감 때문이었다.

하지만 막상 공항에 내려 보니 느낌이 딴판이었다. 게이트를 빠져나왔을 때 인상 좋은 사람들이 손을 흔들며 우리를 환영하는 게 아닌가. 다소 안심이 되었다. 현지 가이드가 간략한 설명을 해주었는데, 나의 불안감을 간파하기라도 한 듯 이렇게 말했다.

"신장위구르 자치구에서는 여전히 가끔 소요가 발생하기는 합니다. 하지만 어느 한 곳에서 작은 소요가 일어난 것을 두고, 서방 언론들은 마치 신장위구르 전체가 독립 시위로 일대 혼란에 빠진 것처럼 떠벌리고 있어요. 여러분들은 조금도 걱정하지 않으셔도 됩니다."

설명을 들으니 그동안의 걱정이 상당 부분 해소되었다. 가이드가 강조하는 안전지침만 잘 따른다면, 아무런 문제가 없다는 그 말이 찜찜하기는 했지만…….

'신장(新疆)'은 '새로 얻은 강역'이라는 뜻이다. 본래 중국 영토가 아니었지만, 정벌에 의해 새로운 식민지로 편입되었다는 의미다. 우루무치시의 인구는 약 270만 명인데, 한족 비율이 무려 75%에 이른다. 지속적인 한족 식민정책을 통해 어느새 절반을 넘고 절대다수 한족 우위 도시로 굳혀가고 있다.

신장웨이우얼자치구가 중국영토로 편입된 시기는 1755년 청나라 건륭황제 때이다. 그때 복속된 이후, 최근까지 크고 작은 분리 독립 시위가 계속되고 있다. 20세기의 역사를 상고해 보면, 짧았던 동투르키스탄

공화국을 무력으로 해체하고 병합한 중국 정부가 결정적인 한수를 결행한다. 그것은 1961년 란신철도(蘭新鐵道)의 개통이었다. 내륙의 산업도시 란저우에서 신장의 주도 우루무치까지 신설 노선, 이 철도를 이용하여 단기간에 무려 200만 명의 한족들을 이곳으로 이주시켰다. 그야말로 자기편 사람들을 대거 옮겨 심는 '식민(植民)'을 함으로써 명실공히 식민지로 '굳히기'를 한 것이다.

또한 식민정책의 이면에는 한족 중심의 준군사조직인 '신장건설생산병단(新疆建設生産兵團)'이 있다. 이 병단은 고대 후한(後漢) 시대 이래 둔전(屯田)의 현대판이라고 한다. 둔전은 농사도 짓고 전쟁도 수행하는 병농일치의 캠프이다. 현지의 쓸모없는 땅을 개간해 군량을 현지에서 조달함으로써 군량 운반의 수고를 들고 국방은 물론, 반란 등을 사전에 예방하는 조직이다. 공공연히 드러내놓았던 이 병단이 지금은 비즈니스 기업으로 변신했다. 외자 유치를 도입할 때마다 군 직할기업이라는 오해를 샀기 때문이다. 그래서 2001년 이후에는 신젠그룹(新建集團)으로 이름이 바뀌었다고 한다.

이런 강력한 정책의 근본 배경이 바로 철도이다. 철도는 산업의 동맥이기도 하지만, 강력한 군사력의 동맥이기도 하니까 말이다. 베이징과 티베트의 라싸까지를 연결하는 칭장철도 역시 같은 연장선인 것이다.

逝者越千年
——新疆古代干尸陈列

THE MORTALS FROM LAST MILLENNIUM
—Exhibition on the Ancient Corpses of Xinjiang

신장웨이우얼자치구 박물관

늦잠을 자고 일어나 커튼을 걷었다. 그런데 창밖으로 빼곡한 고층빌딩이 밀집해 있는 게 아닌가. 자정 넘은 시각에 공항에서 숙소로 이동한 탓에 까맣게 몰랐다. 초원 속의 도시가 아니라 고층빌딩의 도시라니! 우루무치에 대한 선입견이 우르르 무너지는 기분이었다.

아침 10시에 늦은 식사를 한 뒤, 우루무치 박물관으로 갔다. 건물 중앙에 청색 모스크(돔)가 '산(山)'자로 보였다. 출입구 전면의 둥그런 유리벽과 양쪽으로 벌어진 건물, 그 모습이 마치 양팔을 좌우로 한껏 펼쳐 '어서 오세요!' 하고 환영 인사를 하는 것 같다.

이 박물관은 기존의 낡은 박물관에서 2005년에 이 건물을 신축하여 이전했다. 전시관 입구에는 파노라마 같은 거대한 실크로드 지도가 걸려있었다. 로마에서부터 시안에 이르는 긴 노선이 황톳빛 고원과 사막 위로 붉은 실선이 그어져 있다. 100년 전 한 독일인 지리학자의 가설(假說)이 어느새 확신이 가득찬 철도 노선처럼 변한 것이다.

전시 내용은 몇 가지 주제로 구분되어 있다. 〈찬란했던 서역의 어제-신장역사문물 진열관〉, 〈신장민족풍정 진열관〉, 〈세월 가도 썩지 않는 놀라운 세상-신장고대 미라(干尸) 전람관〉, 〈역사적 비석들-신장혁명사료 진열관〉 순이다. 이들 전시관 중에 단연 눈길을 끈 것은 미라

전시였다. 전시물에 대한 도표와 해설들이 간자체로 되어있다.

전시 안내를 보니, 중국의 선사시대가 이곳에 고스란히 있는 것 같다. 뭐랄까? 중국 문명은 서역에서 중원으로, 중원에서 다시 동쪽 연경으로 옮겨간 것 같다. 사실 중국 역사도 그런 것 같다. 춘추전국시대, 진시황의 진나라, 한나라, 남북조, 수나라, 당송시대, 원명청조에 이르기까지 서북쪽에서 중원과 강남을 거쳐 동쪽으로 옮겨간 것을 알 수 있다. 원시시대를 마치 한가로운 캠핑 생활처럼 재현해 놓은 것들을 지나 모두의 관심을 끈 곳은 단연 이곳이었다. 누군가 전시장 벽에 붙어있는 도표를 가리키며 내게 물었다.

"어이, 박하 선생! 여기 적혀 있는 간시(干尸)가 무슨 뜻이오?"
"마를 간, 시체 시 네요. 깡마른 시신으로 미라라는 뜻입니다. 이곳 신장위구르 지역은 초원도 있지만, 건조한 사막지대로 둘러싸여 있습니다. 사막의 고분군에서 수많은 미라가 발굴되었다고 합니다."
(나는 중국어 공부를 십 년 이상 해왔기에 의사소통에 별 무리가 없다. 다만 현지 방언이 난무하는 변방으로 갈수록 소통이 느려진다. 상호 주파수(?)를 맞추는데 한참 시간이 걸리기 때문이다.)

전시된 미라들은 성인 남자와 여자, 어린이 등 다양했다. 도표를 보니, 당시 성인 남자의 키가 무려 1.82m, 성인 여자의 키는 1.61m로 생각보다 큰 편이다. 얼굴과 팔에는 세련된 문양의 문신도 있다. 양가죽 윗도리에다 면으로 된 내의를 받쳐 입고 모직 치마에 부츠형 가죽 신발까지 신고 있다. 그중에 할머니 미라가 인상적이었다. 지금으로부터 3,500여 년 전에 살았던 여인이다. 표정을 보니 아주 편안하게 보였다.

"어, 머리숱 색깔이 이상한데요? 뒤쪽은 까맣고 정수리 부분은 누런 빛이네요."

일행 중 여자분이 미라의 머리 부분을 보면서 중얼거렸다. 자세히 보니, 정말 여자 미라의 머리카락 색깔이 부분적으로 달랐다. 우리가 몰려 있는 것을 본 가이드가 다가와서 설명해 주었다. 이 미라의 머리카락 색이 다른 것은 발굴 당시에도 고고학자들의 눈길을 끌었는데, DNA 검사 결과 놀라운 사실이 밝혀졌다고 한다. 정수리 쪽 머리숱은 다른 사람의 것이라는 사실이다. 이로써 그 당시에 이미 가발을 사용했다는 사실이 증명되었다. 모르긴 해도 가발의 역사라면 분명 프랑스 왕실의 귀족들이 떼를 쓸 것 같은 생각이 든다.

이번 여행의 일정에는 박물관 관람이 다수 포함되어 있다. 상하이 박물관, 신장웨이우얼 박물관, 그리고 산시성 박물관 등. 이것은 나의 오래된 지론인 '어떤 도시든 답사는 가급적 박물관에서부터 시작해야

한다'는 것 때문이다. 박물관이라면 '지겨운 역사 공부', 또는 '진열관 속에 박제된 역사'라고 지레 오해하는 이들도 있다. 하지만 나는 박물관이야말로 장구한 역사를 가지런한 퇴적층의 단면처럼 압축하여 보여주는 장소라고 생각한다. 박물관 관람은 해당 지역의 역사를 단시간에 입체적으로 제공하여 지역에 대한 기본적인 사전지식을 통해 깊은 이해의 토대가 되기 때문이다. 또한 낯선 곳일수록, 역사에 대한 상식만큼 요긴한 것도 없다. 중국 여행에서 고고학 유적이나 유물을 볼 때마다 깨닫는다. 아득한 기원전의 역사인데도 불구하고 당시 생활 문화나 기술 문명은 우리의 상상을 보기 좋게 배반한다. 짧은 시간에 타임머신을 타고 시공을 넘나드는 재미, 옹색한 내 상상력의 범위를 일시에 확장해 주는 기분, 여행이 주는 짜릿한 쾌감이 아니겠는가.

또한 낯선 곳을 여행할 때 낯선 사람들을 단시간에 우호적으로 만드는 데는 그 나라의 역사를 이용하는 것이 도움이 된다. 2002년 한 달 동안의 유럽 배낭여행에서 가장 득을 많이 본 책이 있다. '여행객들의 바이블'로 통하는 'Lonely Planet' 발행의 가이드북이다(요즘에는 한글 번역본도 있다). 그 책 앞쪽에는 어김없이 방문 국가에 대한 간략한 역사가 나와 있다. 도시에 도착하기 전에 간추린 역사를 읽어보는 것은 큰 도움이 된다. 낯선 나라에 도착한 다음에는 길을 묻거나 택시를 타거나 물건을 사는 등 자주 현지인과 이야기를 나눌 일이 생긴다. 이

때 잠시라도 너스레를 떨 시간 여유가 생기면, 그 나라 역사 속의 영웅이나 일화를 잠시 주워섬겨 보는 것이다. 그러면 갑자기 상대방의 태도가 부드러워진다. 유럽 배낭여행 당시 벨기에 브뤼셀에서 택시 기사와의 해프닝을 잊을 수가 없다. 시내에서 박물관을 찾아가는 동안 택시 기사와 잠시 이야기를 나누었는데, 한국에서 왔다고 하니 일본 바로 옆에 있는 나라냐고 하는 게 아닌가. 그래서 한국과 일본 사이는 벨기에와 독일 사이와 흡사하다고 했더니 금세 웃음이 터졌다. 그 사실을 '론리 플래닛'에서 잠시 읽고 즉석에서 써먹었는데 효과 만점이었다. 잠시였지만 택시에서 내릴 때 '벨기에 차(茶)' 선물까지 받았던 것이다. 세상은 근사한 우연들로 가득 차 있다. 여행에서 그 우연이란 도움이 될 만한 사람, 즉 귀인을 만나는 일이 큰 부분을 차지한다.

가이드북이 역사에 대한 뼈대를 제공한다면, 박물관은 그 뼈대에 살을 붙이고 옷을 입혀준다. 사람들은 박물관에 대해 종종 오해를 한다. 박물관은 한번 가면 더 이상 갈 필요가 없는 곳이라고 생각한다. 그러나 결코 그렇지 않다. 알고 보면 박물관은 영화관이나 마찬가지이다. 영화관에 상영하는 영화가 계속 바뀌듯이, 박물관 역시 기획 전시라고 하여 일정 기간마다 새로운 전시물들을 보여준다.

천산천지(天山天池)

우루무치에서 천산천지 호수로 가는 길은 멀었다. 도심에서 무려 110km, 버스를 타고 2시간 반이나 달린 뒤에 입구에 도착했다. '천산 천지풍경구'. 천산천지의 초입에다 대규모 주차장과 편의시설을 만들어 놓았다. 관광객들은 한 사람도 예외 없이 전용 셔틀버스를 타야만 한 다. 일행을 태운 버스는 꼬불꼬불한 산길을 곡예 운전으로 이십 여분 올랐다. 다시 산 중턱 주차장에 도착하자 일행은 차에서 내려 호수까 지 걸었다. 저 멀리 만년설을 이고 있는 보거다봉(博格達峰)이 위용을 드러냈다.

톈산 산맥의 최고봉, 해발 5,445m의 보거다봉이란다. 발음이 왠지 낯설지가 않다. 혹시나 우리의 '박달', '배달' 겨레의 어원과도 모종의 관계가 있지 않을까? 하지만 내 짧은 역사 지식과 언어학 상식으로는 기대 난망이다.

천산천지라는 신비로운 호수는 본래 이름이 요지(瑤池)였다고 한다. 이는 신선들의 유유자적 놀이터라는 뜻이다. 중국 정부가 '천산천지' 로 개명을 한 것인데, 정치적 이유인지 관광 목적인지는 몰라도 바꾼 이름이 훨씬 더 느낌이 좋다. 네 자에다 두운(頭韻)으로 소리 내어 읽 으면 운율도 느껴지고, 천산과 천지 간에 음양 궁합이 이뤄진 것도 같다.

그 덕에 호수의 위상이 급상승한 느낌이다.

　어느 시대나 위정자들은 모종의 정치적 목적을 위해 지명을 바꾸어 왔다. 우리나라 역시 예외가 아니다. 왕조가 바뀌면 으레 바뀌고, 새로운 도시가 건설되어도 새로운 지명들이 등장했다. 가까운 예로 일제강점기에도 조선총독부에 의해 행정 지명들이 일제히 바뀌었다. 왕조시대일수록 교묘한 상징과 조작은 기본 수법이다. 따지고 보면, 요지(瑤池)라는 이름 역시 상징과 조작이 아니겠는가. 당시 위정자들의 신선사상을 대변하는 것이리라. 그렇게 본다면 이곳 변방의 소수민족들에게 '천산천지'라는 이름이 훨씬 더 성스럽게 느껴질 것이다. 천산천지라는 이름으로 바뀐 것은 신선들의 전용 놀이터를 사해의 인민 대중에게 돌려주었다는 뜻이 아닐까.

　일행은 유람선을 타고 한 시간 동안 호수를 유람했다. 비췻빛 호수는 선녀가 내려와 목욕할 것처럼 신비로웠다. 수면은 거울처럼 설산 보그다봉을 비추고 있었다. 보그다봉이 양 날개를 펼쳐 품 안에 안고 있는 것이 바로 이 천산천지 호수인 것이다. 유람선은 호수의 가운데를 가르고, 또 가장자리를 한 마리 백조처럼 유유히 누볐다. 달밤이었다면 신선이 된 듯한 착각에 빠졌을지도 모른다. 알고 보니 이곳에는 선녀가 아닌 고대 신화 속의 여신, 서왕모(西王母)가 살았다고 한다.

서왕모는 중국의 서쪽 끝에 있는 신령스러운 곤륜산(昆侖山)에 산다고 했다. 곤륜산은 신들의 거처로 유명한데 서왕모는 이 산의 정상에 있는 요지(瑤池)라는 아름다운 호숫가에 살고 있다고 하기도 하고, 옥이 많이 쌓여 있는 옥산(玉山)이라는 곤륜산의 한 봉우리에 살고 있다고도 했다.

서왕모의 모습이 어떠했냐 하면, 크게는 사람 같기는 한데 표범의 꼬리와 호랑이 이빨을 했고, 쑥대처럼 헝클어진 머리에 비녀를 꽂았다. (중략)

기괴한 모습의 서왕모는 그래도 여신이었으므로 그녀를 위한 시중꾼들이 있었다. 시중꾼들은 곤륜산 서쪽 삼위산(三危山)이라는 봉우리에 살았는데 인간이 아니라 세 마리의 파랑새(靑鳥)였다. 이 새들은 몸빛은 푸르지만 붉은 머리에 검은 눈을 하고 있었고, 주로 서왕모의 음식을 조달하는 일을 맡아 했다.

서왕모는 과연 그 모습답게 하는 일도 살벌하기 그지없었다. 그녀는 하늘에서 내리는 재앙과 돌림병과 같은 무시무시한 일들과 더불어 코를 베거나 손발을 자르는 등의 다섯 가지 잔인한 형벌에 관한 기운을 관장하는 여신이었던 것이다.

왜 서왕모는 이렇게 살벌한 일을 담당하는 여신이 되어야만 했을까? 그것은 고대 중국에서 서쪽이 지니는 상징적인 의미 때문이다. 서쪽은 해가 지는 곳으로서 어둠과 죽음의 땅이다. 그래서 재앙과 형벌 등 죽음과 상관된 일들을 서쪽의 여신 서왕모가 맡게 된 것이다.

출처: 〈동양의 신화/ 정재서〉

서왕모 신화는 원시 모계사회의 증거 사료가 되기도 한다고 했다.

그런데 후대로 내려오면서 도교 신앙과 융합되면서 서왕모가 옥황상제의 아내로 둔갑한 것이다. 그러고 보니 마침 우리 일행이 천산천지에서 탄 유람선의 이름도 '玉帝號(옥황상제호)' 다. 고대 신화도 장구한 세월 동안 위정자의 입맛대로 조작되고 변화된다는 사실을 새삼 깨닫게 된다.

유람선은 어느덧 건너편 부두에 닿았는데, 산 중턱에 자리 잡은 도교사원이 보였다. 팔작지붕의 현판에 '瑤池宮(요지궁)'이라는 글씨가 있고, 그 아래 태극 문양이 보였다. 안내판을 읽어보니 참배를 하면 큰 복을 받는다고 부추기고 있다. 그런데 나는 이곳까지 와서 난생처음 보는 낯선 신에까지 용돈을 허비하고 싶지는 않았다. 속이 뻔히 보이는 상술이기에 그냥 유람선 내에 머물기로 했다.

다시 우루무치로 돌아오는 길에 이상한 풍경을 만났다. 천산천지풍경구로부터 3km쯤 떨어진 곳에 뼈대만 앙상한 고층건물이 눈에 띄었다.

"저기 짓다가 만 건물들이 즐비하네요. 대체 무슨 영문인가요?"
"자치구 정부에서 주도한 관광호텔들인데, 준공을 목전에 두고 부도 사태가 났답니다. 말하자면 수요 예측을 제대로 못했던 것이지요. 그 바람에 지방 정부가 재정난이 좀 있는 편이지요."

가이드는 조선족 동포이지만 엄연한 중국 국적이다. 구태여 관광 중국의 그늘에 관해 시시콜콜 얘기하지 않으려는 눈치였다. 저 멀리 만년설에 덮여 신비롭게 빛나던 보거다봉, 천산천지로 올라갈 때는 들떠 있어서 보이지 않던 것이, 돌아오는 길에 눈에 띈 것 같은 기분이었다. 큰 길가에 늘어선 을씨년스런 신축 빌딩들을 보고 나니, 왠지 천산천지조차 실체 없는 신기루 같다. 조금은 씁쓸해졌다.

도심의 국제 바자르

해거름 때는 우루무치 시내 중심에 있는 국제 바자르 Bazar로 향했다. 바자르는 이슬람권의 전통시장으로 지붕 있는 곳을 말한다. 예로부터 '삶에 지친 사람은 시장으로 가라' 고 했다. 여행에서 빼놓을 수 없는 즐거움은 재래시장 구경이다. 쇼핑은 십중팔구 여자들이 좋아하고, 남자들은 싫어하는 편이지만, 재래시장 구경은 대다수 남자들이 싫어하지 않는 것 같다. 아마 재래시장에 남자들의 호기심을 자극하는 물건들이 많아서가 아닐까. 바자르는 이국의 재래시장이니 흥미로운 물건들이 더 많을 것 같다. 우리 일행은 기대를 품고 바자르 광장에 입성했다.

광장에는 원형의 첨탑이 등대처럼 우뚝 솟아 있다. 높이가 50m도

넘겠다. 그 옛날 오아시스 도시들에 있던 모스크의 첨탑들도 나그네에게 길을 알려주는 등대 역할을 했으리라. 광장 입구에는 피라미드를 닮은 준공 기념탑이 서 있는데, 그 앞쪽으로 무장 경찰들이 서 있었고, 도로변에는 경찰 버스인 소위 '닭장차'도 대기하고 있었다. 우루무치에 와서 처음 마주치는 긴장감이었다. 왠지 으스스한 기분이 들었다. 기념탑에는 '군인(軍), 시민(民)이 함께 안정과 화합과 번영을 기원하는 뜻에서 우정의 탑(友誼塔)을 세운다'고 적혀있었다. 그래서인지 이곳을 지나는 행인들은 긴장한 우리 일행과는 달리 무장경찰과 닭장차에 대해 전혀 아랑곳하지 않는 듯했다.

바자르의 외형은 전통건축 형태로 되어 있지만 내부는 현대식으로 꾸며져 있다. 첨탑이 있는 광장을 사이에 두고 큰 건물 2동이 마주 서 있는데, 한 건물은 3층 규모로 관광객들을 위한 기념품과 위구르족들의 생활용품 가게들이다. 까르푸 매장이 있는 시장 건물은 지상에는 생필품, 지하에는 주로 수입용 공산품들을 팔고 있었다. 우리 일행은 말린 과일을 전문으로 파는 가게에 들렀다. 익숙한 건포도와 건대추가 눈에 띄었다. 건포도는 한국에서 보던 것보다 씨알이 굵었고 대추 한 알은 어린애 주먹만 한 크기에 맛이 아주 달았다. 똑같은 분량의 대추인데도 가격 차이가 나기에 위구르 상인과 대화를 시도해 보았다.

"왜 굵기도 분량도 똑같은데 가격 차이가 나는 겁니까?"

내 질문에 가게 주인이 뭐라고 열심히 설명을 하다말고, 잠시 기다리라는 손짓을 했다. 영문을 몰라 멍하니 있었더니, 샴푸통 같은 물뿌리개를 가져오더니 손에 올린 대추에 물을 칙칙 뿌리고, 대추를 문지르는 게 아닌가. 아하, 그제야 감이 왔다. 대추를 말리기 전에 잘 씻은 것은 비싸고, 먼지가 앉은 채 그대로 말린 것은 싸다는 뜻이었다. 하지만 비싼 것은 빛이 약간 더 났을 뿐 별로 차이가 없었기에 나는 상인의 기대를 배반하고 그냥 싼 것을 샀다.

단도(短刀)의 저력

시골 소년이 도회의 장터에 나들이 나온 것처럼 이곳저곳을 두리번거리는 중에 내 친구가 자석에 끌리듯이 속절없이 홀린 곳이 있었다. 단도(短刀)를 파는 가게였다. 위구르족의 전통공예품으로 문외한의 눈에도 장인의 혼이 담긴 것처럼 느껴졌다. 단도는 위구르족 사내들의 호신용 무기이자 가축을 잡는 칼, 허리에 차는 장신구이자 만능 공작 도구이다.

친구는 밀고 당기는 흥정 끝에 단도 한 개를 샀다. 보통 식칼이 1만 원 정도인데, 단도의 가격은 무려 20만 원이나 했다. 너무 비싼 것 아닌가 했더니 이 분야에 일가견이 있는 친구는 자신 있게 말했다.

"단도란 것은 강철의 결정판이야. 철에는 연철과 강철이 있는데,

강철은 쉽게 만들어지지 않는 것이지. 연철을 열을 가해 오랫동안 두드리면 조직이 아주 단단해져. 이건 명품 단도야."

그 얘기를 들으니 정말 단도가 명품처럼 보였다. 군대와 무기의 상관관계를 고찰해본다면, 강한 군대는 강한 무기로 무장되어 있다! 강한 군대의 조건은 뛰어난 지휘관의 전술만이 아니고, 강한 무기로 뒷받침되어야 하기 때문이다. 따라서 강한 무기의 재료인 강철은 곧 당대 제철기술의 바로미터라고 할 수 있을 것이다. 단도는 중국 제철기술의 우수함을 자랑하는 듯 서슬 퍼렇게 반짝였다.

시장 나들이를 끝으로 숙소로 돌아왔다. 오늘 밤에 일행과 간단한 술자리를 갖고 싶은 생각이 굴뚝 같았다. 현지 가이드에게 주변에 있는 야시장이나 목로주점을 물었다.
"김 선생! 호텔 부근에 현지인들이 잘 가는 선술집 하나 소개해 주소!"
그랬더니 가이드가 통사정 조로 나를 말리는 게 아닌가.
"죄송합니다. 이곳에서는 참아주시지요. 우루무치에서는 다섯 명 이상 모이면 감시가 따라붙습니다. 현지인이든 관광객이든 예외가 없습니다. 열 명 이상이 모이면 반드시 경찰이 출동합니다. 제발 이틀 밤만 참아주시지요."

그제야 오늘 바자르 광장에서 만났던 무장경찰과 닭장차가 실감이 났다. 우루무치의 밤거리가 못내 궁금했지만 어쩌겠는가. 안전을 위해 꾹 참기로 했다.

우루무치의 안전문제는 꼭 24시간 뒤 다시 발목을 잡았다. 이동을 위해 둔황행 기차를 타려고 할 때였다. 기차역의 검색대에서 내 친구가 명품 단도를 그만 빼앗기고 말았다. 열차 안의 치안을 위해 단도의 휴대는 절대 금지라는 것이다.

"이런 법이 어디 있나요? 이 칼은 국제 바자르에서 공예품으로 산 것입니다. 당신네들이 자랑하며 외국인인 우리에게 팔았던 상품이에요. 그런데 빼앗으면 어쩐단 말인가요?"
"우리에게 그걸 따지지 마세요. 우리 임무는 기차 탑승 전에 위험한 무기는 절대 휴대하지 못하게 할 뿐입니다. 규정입니다."

막무가내였다. 신장웨이우얼자치구의 불안한 치안에는 아무리 뛰어난 제철 기술의 결정체도 속수무책이었다. 단 세 시간 만에 막을 내린 단도 해프닝. 앞으로 두고두고 우루무치를 떠올리는 씁쓸한 기억이 될 것 같다.

두 번째 도시- 투루판(吐魯番), 땅속에서 찾은 길

'문명의 앞에는 숲이 있고, 문명의 뒤에는 사막이 남는다'

—샤토 브리앙

사막의 재발견

우루무치에서 투루판으로 간다. 톈산 산맥 줄기를 따라가는 길은 황량하기만 하다. 한여름인데도 차창 밖은 숲은 고사하고 푸나무 한 그루조차 찾아보기 어렵다. 이곳이 타클라마칸 사막의 변두리이기 때문이다. 단조로운 차창 밖 풍경으로 졸음이 올 것 같은데, 갑자기 버스 속도까지 느려진다. 아니나 다를까, 앞쪽을 보니 군부대 트럭들이 줄줄이 꼬리를 물고 간다. 자기들 딴에는 부지런히 가는데도 거북이걸음이다. 그 길이가 족히 2km는 되겠다. 한두 대 같으면 벌써 추월을 했을 텐데 수십 대가 열을 지어 이동 중이라 엄두가 나지 않는 것 같다. 우루무치 도심에서 무장 군인들을 만난 이후, 한동안 잊고 있었던 사실을 다시 상기시켜준다. 이 지역은 치안이 불안한 신장웨이우얼 자치구라는 사실 말이다.

구불구불 산맥을 넘어가자 그 트럭들이 옆길로 빠지고 광활한 사막이 열린다. 이글거리는 지평선 위에 깃대들이 기다란 장대처럼 쭉쭉 솟아 있다. 그 꼭대기마다 하얀 바람개비들이 바삐 돌고 있다. 하나하나가 풍력발전기로 마치 사막 위의 장대한 열병식 같다. 얼마나 빼곡하게 서 있는지 헤아릴 수조차 없다. 우리나라 영덕이나 대관령의 풍력단지와는 규모 면에서 비교도 할 수 없다. 이곳이 바로 소문으로만 듣던 중국의 신재생 에너지 현장, 세계 최대의 투루판 풍력발전단지다. 프랑스 작가 샤토 브리앙(Chaterau briand)이 말했던가.

'문명의 앞에는 숲이 있고, 문명의 뒤에는 사막이 남는다!' 그동안 금과옥조로 여겨왔던 이 말이 더 이상 유효하지 않은 것 같다. 이곳에서 사막은 더 이상 '불모의 사막'이 아니라 지속가능한 '청정에너지 농장'이기 때문이다. 사막에는 풍력이 무진장이다. 이곳에서 황사 바람은 불청객이 아니라 반가운 손님으로 대접받는다. 또한 태양열이 이보다 더 좋은 곳이 없다. 사사건건 성가신 민원이 없다는 것도 장점이다. 사막에는 풍력단지나 태양열 발전단지를 얼마든지 건설해도 된다. 생산된 전력을 주변의 오아시스 도시들까지 송전하는데도 대단히 유리하다.

우리나라의 경우 풍력단지를 조성하다가 민원으로 인해 중단된 프로젝트가 한두 곳이 아니다. 제주도, 강원도, 도서 지방 등등. 중국은 신재생 에너지 산업에서 치타의 속도로 앞서나가고 있는데, 우리나라는 난관들이 대추나무 연 걸리듯 하여 여전히 달팽이 걸음이다. 부럽기 짝이 없는 환경이다.

투루판의 신비

투루판은 위구르어로 '가운데가 움푹 들어간 땅'이다. 우리말로 하자면 '두루두루 판' 땅이라 할 수 있다. 왠지 투루판의 '판'이 괭이나 삽으로 '판' 것 같은 느낌이다. 투루판은 해발고도 18~105m인데, 가장 낮은 지대는 −154m이다. 바다보다 낮은 곳으로 이스라엘의 사해 다음으로 낮은 땅이다.

이곳은 기원전부터 흉노, 위구르, 몽골 등 이민족들이 교류하던 문명의 교차로이기도 하다. 북서쪽으로 180km 떨어진 우루무치, 남서쪽으로 카슈가르, 남동쪽으로 간쑤성(甘肅省)의 둔황과 연결되는 교통의 요지다. 연중 강수량이 16mm, 건조한 기후에도 불구하고 세계 최고의 당도를 자랑하는 포도와 하미(멜론) 등을 재배하며 살아왔다. 그중에 씨 없는 건포도는 수출품으로 인기가 높다.

이른 아침에 출발하여 버스로 사막 길을 달렸다. 3시간이 지나자

차창 밖 풍경이 달라진다. 황무지가 아니라 풍력단지 사막을 달려왔는데 이제부터 군데군데 초록 마을이 나타난다. 마을 주변에는 장방형의 흙벽돌집들이 나타났다. 벌집처럼 구멍이 숭숭 뚫려있고, 지붕은 반듯한 수평이다. 한 동의 길이가 긴 것은 30m도 넘을 것 같다. 그 안에서 가축을 키우기에는 너무 깨끗하고, 사람이 살기에는 감옥처럼 우중충해 보인다. 도대체 저 건물들의 용도는 무엇일까? 알고 보니 포도 건조장이라고 한다. 투루판에 얼마나 많은 건포도가 생산되는지 알 것 같다.

지하의 만리장성, 칸얼칭(坎兒井)

투루판 칸얼칭 박물관 앞이다. 버스에서 내리자마자 누군가 와락 환영인사를 한다. 사람이 아닌 목덜미를 쏘아대는 불화살 같은 열기다! 저온창고에 있다가 갑자기 쩔쩔 끓는 한증막으로 들어선 것 같다. 그런데도 주위를 둘러보면 짙푸른 숲 같은 포도 농장이다. 도대체 사막에 포도농사를 어떻게 짓는단 말인가? 궁금증을 안고 칸얼칭 박물관으로 들어갔다.

입구에 박물관 이름인 칸얼칭(坎兒井)에 대한 모형을 잘 꾸며 놓았다. 현지 가이드가 그 모형 앞에서 레이저봉으로 가리켜 가며 설명을 했다.

"칸얼칭은 지하우물 카나트qanat를 의미하는 현지어입니다. 투루판은 고온에다 강수량이 적어 물이 기름 같이 귀하죠. 그래서 원주민들은 생존과 번영을 위해서 관개수로용 땅굴인 칸얼칭을 만들었습니다. 기원은 무려 2천 년을 거슬러 올라가고, 18세기 중엽부터 본격적으로 대자연과 치열한 투쟁을 벌였다고 합니다. 지금부터 그 실제 현장인 지하에 있는 운하를 보러 가시죠."

지하 운하로 통하는 계단을 내려갔다. 땅속 2m나 될까? 밖은 불볕더위인데도 이곳은 서늘하다. 개인적으로 땅굴 하면 베트남의 구찌 땅굴이 가장 먼저 떠오른다. 구찌 땅굴은 직경이 얼마나 작던지, 숨이 막힐 지경이었다. 하지만 이곳은 구찌 땅굴에 비하면 대궐 수준이다. 직경이 3m쯤 될 것 같다. 땅굴 바닥의 한쪽 편에는 봇도랑처럼 관개용수로가 있다. 말하자면 도로처럼 가운데는 사람이나 손수레가 다닐 수 있게 넓고, 한쪽 벽에는 벽에 바짝 붙여 배수로가 있는 형상이다. 전체 동굴의 단면은 말발굽처럼 생겼다. 대개 칸얼칭 1개소의 길이는 3~50km에 이른다고 한다. 엄청난 길이다.

"이 관개용수로는 모형으로 만들어 놓은 것인가요?"
"모형이 아니라 실제 사용 중에 있습니다. 다만 관람객들의 이해를 돕기 위해 조성 과정을 차례대로 보여주기 위해 곳곳에 마네킹을 설치해 놓은 거랍니다. 여기 수로에 흘러가는 물이 보이시지요. 여기 이 도랑의 물로 지상에 있는 포도와 하미 등 과일 농사를 짓는 것이랍니다. 아까 지상에서 포도 농장을 보셨지요?"

사막에 있는 포도 농장의 비밀은 바로 이 관개용수로에 있었다. 투루판은 톈산 산맥의 끝에 자리한 분지이다. 천산의 만년설이 시나브로 녹아 지하로 스며들어 투루판 분지로 모여든다. 만약 지하 관개수로인 칸얼칭 대신 지상에다 관개수로를 만든다면 어떻게 될까? 건조한 사막으로 금방 스며들고, 뜨거운 열기로 인해 이내 증발할 것이다. 지하에다 관개수로를 만들었기 때문에 땅속으로 흡수되는 것도 막고, 증발도 막을 수 있는 것이다.

일행은 칸얼칭을 따라 걸었다. 서늘한 지하에서 물 흐르는 소리만이 고요하게 울려 퍼졌다. 지상의 불볕은 이미 딴 세상이다. 가이드는 앞장서서 걸어가면서 설명했다. 어조에는 자랑스러움이 묻어났다.

"이 칸얼칭은 중국 고대 수리사업의 3대 공정으로 꼽힙니다. 3대 공정에는 칸얼칭 이외에 쓰촨성의 관개수리 시설인 두장옌(都江堰), 수나라 당시 개통한 베이징에서 항조우까지 내륙의 뱃길인 경항대운하(京杭大運河)를 들지요. 이 칸얼칭을 두고 '지하의 만리장성'이라 하는데, 전체 길이가 만리장성에 비길 정도라는 뜻입니다."

과연 대륙의 스케일을 실감할 수 있었다. 만리장성이 상상을 초월하는

인간의 무모함에 대한 감동이라면, 이곳 칸얼칭은 불모의 사막을 옥토로 바꾼 인간의 지혜와 끈기에 대한 감동이다.

칸얼칭 박물관에서 지상으로 나오는 길은 기념품 가게들이 즐비했다. 동선의 끝에는 포도농장이 있었다. 대문을 들어서니 마당 위에다 초록의 차일을 쳐놓은 것 같다. 차일은 포도 덩굴이었고, 덩굴마다 주렁주렁 싱그러운 포도송이들이 달려있다. 포도송이를 보며 침을 삼키는데 그 아래 평상에는 뜻밖에도 시원한 수박을 썰어 내놓았다. 즉석 수박 파티가 열렸다. 나중에 알고 봤더니, 수박 파티는 건포도 판매를 위한 확실한 미끼였다. 가이드의 설명이 뒤따랐다.

"이전에는 여기 마당에서 위구르 소녀들이 민속춤을 췄지요. 그런데 손님들이 신나게 구경하고 열심히 사진만 찍고 정작 건포도는 사가지 않지 뭡니까? 그래서 얼마 전부터 촌장이 장사 수법을 바꾼 거랍니다. 일단 공짜로 시원한 수박을 제공하면 양심상 건포도를 사 갈 거라는 계산이지요."

곧이어 건포도 홍보 행사가 열렸다. 솔직한 성격의 현지 가이드가 이곳 영업 비밀을 털어놓았기 때문인지 몰라도 사람들은 다들 건포도를 한 보따리씩 사 갔다.

포도농장을 빠져나오며 언뜻 떠오른 생각이 있었다. 지하의 만리장성 같은 칸얼칭은 결코 한두 사람의 노력으로 만들 수 없다. 지상의 포도농사나 하미(멜론) 농사, 또한 수확, 건조, 판매에 이르기까지 결코 개인적으로 사업을 영위할 수는 없다. 공동생산, 공동번영! 어쩌면 중국의 공산주의, 사회주의란 정치제도는 이곳이 원조가 아닐까 하는 생각이 들었다. 다시 말해 마르크스와 레닌이 공산혁명을 일으키고, 마오쩌둥이 이를 수입하여 혁명을 성공시키기 훨씬 이전부터, 자생적으로 이곳 투루판에서 발생한 것은 아닐까 하고 말이다.

가오창고성(高昌古城), 장엄한 성터

이글거리는 태양, 하늘에는 구름 한 점 없고 땅 위에는 바람 한 점 없다. 땅바닥이 삼겹살 굽는 불판 같이 지글대는 느낌이다. 목덜미도 팔뚝도 장딴지도 따끔거린다. 선글라스를 벗으면 눈 속으로 빛의 화살이 쏟아져 들어온다. 1980년대 중반 사우디아라비아의 건설현장에서 겪었던 열기보다 한층 심한 것 같다. 그나마 그때는 홍해 해변에 맞닿은 사막에서 담수발전소를 건설하던 현장이었다. 약간의 습도도 있고, 간간이 해풍도 있었는데…….

실크로드 상에서 역참 기능으로 번성했던 도시들이 있다. 자오허고성(交河古城), 누란고성(樓蘭古城), 쿠차고성(龜慈古城) 등이다. 우리가 선택한 곳은 이곳 가오창고성이었다. 둔황 쪽에서 서쪽으로 가다 보면 타클라마칸 사막을 만나고, 이 사막을 사이에 두고 길은 남북 두 갈래로 나뉘는데, 그 북로에 가오창고성이 있다. 오아시스 소국(小國)으로 전성기부터 무려 2천 년, 당나라에 의해 멸망된 지 1,500년의 세월이 흘렀다. 그럼에도 불구하고 비교적 유적이 잘 남아있어 세상 사람들을 자석처럼 끌어들이고 있는 것이다. 전성기에는 성안에 무려 3만 명 정도가 거주했다고 한다.

주차장에 내린 뒤 뙤약볕 아래를 100m 정도 걸어간다. 저 멀리 사막의 신기루처럼 고성이 솟아있다. 언뜻 보면 황토로 빚은 기다란 조각 같다. 무엇을 증거 하기 위해서일까? 하늘을 향해 소리치고, 모래 폭풍에 맞서 온몸으로 버티고 있다. 만신창이가 된 성채지만 그래도 천 년 풍상을 꿋꿋이 견뎌낸 의지가 고귀하게 느껴진다. 다가갈수록 장엄하다. 그도 그럴 것이 성벽은 벽돌도 아닌 흙을 다져 쌓은 토성(土城), 전문용어로 판축토성(版築土城)이다. (토성과 만리장성에 관한 이야기는 뒤쪽의 자위관 편에서 좀 더 자세하게 다루기로 한다.)

성 앞에 골프 카트 같은 전동차가 나타난다. 성곽 내부를 순회하는 전동차로 꼬마 기차 같다. 불과 2년 전만 해도 당나귀가 끄는 수레를 운행했다는데, 그 사이에 전동차로 바뀐 것이라고 한다. 운전기사는

.선글라스가 멋진 위구르족의 젊은 아줌마! 글래머에다 상냥하기까지 하지만, 이슬람 특유의 복장이 잘 어울리는 요조숙녀이다.

"우리는 한국에서 왔어요. 여자분인데 일하기 힘들지 않으세요?"

"천만에요! 한국 어디에서 오셨어요? 투루판에는 얼마나 머물고 가시나요?"

한국에서 왔다고 했더니 반색을 한다. 중국어 연습도 할 겸 염치 불구하고 호구조사를 하는데, 도리어 그쪽에서 공세를 취한다. 나보다 그쪽에서 궁금한 게 훨씬 더 많은 것 같다.

"'따장진(大長今)' 정말 재미있었어요!"

대장금 말고도 줄줄이 한국 연속극을 주워섬겼지만, 내가 별로 본 게 없어서 창피할 정도였다.

사생활에 관련된 화제에도 전혀 스스럼이 없었다. 자식이 둘, 남편은 투루판 시내의 공장에 다니고 있다. 사는 집은 북쪽 성벽 뒤에 있고, 이웃이 십여 호가 된다는 얘기를 줄줄이 늘어놓았다. 중국에 올 때마다 느끼는 바지만, 여자들이 무척 적극적이고 당당하다는 사실! 40번 가까이 중국을 방문하였으니 나의 편견만은 아닐 것이다.

'여자는 세상을 떠받치는 두 개의 기둥 중 하나!' 마오쩌둥이 강조한 말이다. 사회주의 중국에서 여성들의 권리는 남자와 대등하다. 여성의 사회 참여나 당당한 자세에 있어서는 우리나라가 중국에게 여전히 배워야 할 필요가 있지 않을까.

가오창고성은 기원전 1세기, 서한(西漢)의 이광리 장군이 건설했다. 그는 군대를 거느리고 와서 이곳에 둔전(屯田)과 성벽을 설치하고, 327년에 가오창군(郡)을 설립했다. 이후 백삼십여 년 후인 450년, 북양(北凉)의 잔여세력이 차사전국(車師前國─수도 교자오허성)을 평정하는 바람에 어부지리로 가오창군은 투루판 분지에서 일약 정치, 경제, 문화의 중심으로 떠오르게 된다. 한동안 가오창국으로 위세를 떨쳤지만, 640년 당나라에 의해 멸망하게 된다.

가오창고성은 크게 외성, 내성, 궁성의 세 부분으로 구성되어 있다. 성 둘레는 5.44km에 이른다. 사서에 의하면, 전성기 때 가오창고성은 성벽에 12개의 거대한 철문이 있었고, 철문마다 제각기 이름도 있었다. 성안에는 공방, 시장, 사당, 민가 등 용도가 다양한 기와집들이 물고기 비늘처럼 늘어서 있었다. 당나라 수도 장안성과 흡사한 배치라고 한다. 성내의 전체 인구가 3만 명, 그중에 승려 수가 무려 3천 명이나 되었다. 이들은 실크로드를 오가는 대상들에게 통과세를 받거나, 체류 장소를 제공하고, 물상객주 노릇을 했다고 한다.

지금은 거의 폐허처럼 변했지만, 그래도 전성기 때 가오창국의 번성을

상상할 수 있는 유적들이 남아있다. 봉화대, 왕khan이 머물던 왕궁인 가한보(可汗堡), 사원, 불탑, 강원(講院) 등이다. 대개 고성 유적들은 현대인의 입맛에 맞춰 복원을 하는 경우가 많다. 거친 민낯을 그대로 보여주기보다 온갖 화장술로 덧칠하기 일쑤다. 하지만 이곳 가오창고성 은 아직 민얼굴 그대로를 간직하고 있는 느낌이다.

그중에 눈길을 끄는 것은 사찰의 강원으로, 고승대덕이 설법을 했던 장소다. 뙤약볕 아래 강원으로 들어서니 그래도 아늑하다. 삼장법사 현장이 설법을 했을 것으로 추정되는 강단 자리가 있고, 그 위쪽에는 놀랍게도 제비집이 보인다. 비록 흙집이지만 제비집 하나로 인해 생명의 기운이 느껴진다. 이곳은 현장법사와 혜초스님도 들렀던 곳이다. (삼장법사는 경(經), 율(律), 론(論)에 능통한 승려를 말하며, 현장 삼장, 법현 삼장, 혜초 삼장이라고도 한다.) 가이드가 현장법사가 섰던 곳에 서서 해설을 한다.

"현장은 628년 초, 천축국 인도로 가는 도중 이곳에 들렀지요. 당시 국왕 국문태(麴文泰)가 간절히 요청한 것입니다. 법사는 여기서 한 달간 왕과 귀족들에게 불법(佛法)을 강의했어요. 국왕은 국왕대로 고관대작들에게 자신의 능력에 대해 생색을 냈을 테고, 현장법사는 법사대로 대장정을 대비한 물품들을 후원받았던 것이지요.

그런 다음 서역에서 불경을 구해 돌아올 때는 3년간 머물겠다는 약속을 하고 떠났고, 그 후 644년 온갖 고난을 무릅쓰고 천축국에 가서 불경을 구해 돌아옵니다. 그런데 이곳을 지나는 길에 가오창국은 당나라에 의해 이미 멸망했다는 말을 듣게 된 것입니다……."

물론 그 당시에는 지금처럼 황량하지는 않았을 것이다. 적당히 숲도 있었겠지만 가오창고성의 왕이 불교에 심취했던 이유는 과연 무엇이었을까? 물자도 귀한 데다 황량한 사막 기후에서 서로 의지하고 단합을 이루려면, 종교의 힘에 기대지 않으면 안 되었을 것만 같다.

사원에서 출구 쪽으로 나오는 기다란 골목길, 어디선가 경쾌한 가락이 들린다. 그 골목 중간에 초로(初老)의 악사가 현악기를 켜고 있다. 아라베스크 문양의 사발 모자에다 이마에 굵은 주름이 팬 악사인데 앞에는 종이돈이 몇 장 놓여있었다. 하지만 조금도 처량해 보이지 않는다. 현악기의 선율은 리듬에 맞춰 달리는 낙타 걸음처럼 경쾌했다. 뭐랄까? 전쟁에 나선 병사들을 부추기는 가락일까. 어딘지 모르게 위구르족의 기상이 느껴진다. 비록 짧은 순간이었지만 이방 나그네의 가슴에 한 줄기 단비가 내리는 듯 금세 촉촉해진다.

세상에 영원한 것은 없다지만, 저 선율은 저 멀리 가오창국의 악사로부터 면면히 내려온 것이리라. 또한 지금 이 악사의 후예 중 누군가에게 전해 내려가리라.

거대한 사막 흙바람에 낮은 어둡고

붉은 깃발 반쯤 말아 진영을 나선다

전군이 밤새 싸운 조하의 북쪽에서

토곡혼 오랑캐를 생포한 소식 이미 날아드네.

- 왕창령의 중군행(王昌齡-從軍行5)

화염산과 베제클리크 천불동

대낮에도 불꽃이 일렁거리는 산, 화염산(火焰山)에 왔다. 가오창고
성에서 약 500m 떨어진 곳으로 베제클리크 석굴사원(천불동)으로 가
는 길에 있다. 황톳빛 민둥산인데 산 전체가 불꽃처럼 이글거리는 느낌
이다. 여름철 표면 온도가 무려 80도에 이른다고 한다. 서유기(西遊記)
에 등장하는 산이 바로 이 산이다. 화염산 아래로 펼쳐진 깊은 협곡은
삼장법사와 세 제자가 천축으로 가는 길목에 만난 최대 장애물 중의
하나였다. 화염이 일렁이는 이 산을 삼장법사 일행은 어떻게 통과했을
까? 그들은 우마왕의 아내 나찰녀의 보물인 '파초선(芭蕉扇)'을 얻어
일시적으로 불을 끄고 간신히 지나갔던 것이다.

화염산 아래 잠시 들른다. 뙤약볕의 불화살 세례가 너무 강렬하여 인
증사진을 찍기에도 버겁다. 그런데도 불구하고 화염산의 비탈에 지그
재그 등산로를 따라서 산 정상을 오르는 사람들이 있다. 말로만 듣던

'익스트림 스포츠!', 극한 체험을 즐기는 이들이라고 한다. 이들을 보니 때마침 중국 속담 하나가 떠오른다. '지나가지 못할 화염산은 없다(沒有過不去的火焰山)', '못해 낼 일이 없음'을 비유적으로 이르는 말이다.

다시 버스를 달려 베제클리크 석굴사원에 다다랐다. 협곡 아래로 잔도처럼 길을 낸 뒤 나란히 석굴을 뚫어놓았다. 가오창 왕국이 번성하던 시기에 만든 석굴로 그동안 회교도들과 유럽 탐험가들에 의해 수차례 약탈을 당한 곳이라고 한다.

이곳 석굴들은 여느 동굴과 달리 너비에 비해 깊이가 서너 배는 족히 되었다. 마치 반원형(콘센트) 막사 같이 생겼다. 석굴 앞쪽으로는 낭떠러지 아래 강물이 흐른다. 강가에는 미루나무처럼 키 큰 나무들이 즐비한 게 보기만 봐도 시원해진다. 석굴 내부를 들어가 위아래를 휘휘 둘러보았다.

"벽화는 거의 없고 천장화만 보이는군요. 왜 그런가요?"

"이곳 벽화들은 20세기 초반, 유럽 탐험가들이 훔쳐 갔어요. 면도칼로 돌려내듯 벽화 전체를 훔쳐 간 곳이 많지요."

가이드가 설명을 해주는데도 선뜻 이해가 가지 않았다. 견고해 보이는 이곳의 프레스코 벽화들을 어떻게 떼어갔단 말인가? 이후 나는

〈실크로드의 악마들〉에서 관련 기록을 읽게 되었다.

  큰 칼을 이용해 벽화들을 절개했다. 먼저 아주 예리한 칼로 벽화의 외곽 둘레
에 깊은 칼자국을 냈다. 그것은 벽화 밑층을 이루는 점토와 낙타 똥과 잘게 썬 짚
과 스투코(벽에 바른 회반죽)를 관통하는 칼질이었다. 다음으로 벽화 옆의 바위에
다 곡괭이, 망치, 정으로 구멍을 뚫어 거기에 여우꼬리 톱을 집어넣었다. "표면층
의 상태가 매우 나쁠 때는 사람을 고용해 펠트를 싼 널빤지로 벽화를 단단하게 밀
고 있게 했다"는 게 르콕의 설명이다. "그런 다음 벽화의 톱질이 완전히 끝나면, 벽
화가 얹힌 널빤지를 조심스럽게 떼어 윗부분부터 기울여서 바닥에 내려놓았다. 이
렇게 해서 벽화는 널빤지 위에 수평으로 놓이게 되었다. 이것은 굉장히 체력이 소
모되는 작업이었다." 심지어 '헤라클레스의 힘'을 가졌다고 자부하던 바르투스까
지도 여간 힘든 일이 아니었다고 고백했다.

-〈실크로드의 악마들〉, 186쪽

  20세기 초반, 유럽 탐험가들은 중앙아시아 고대유물에 혈안이 되어
있었다. 그 경쟁적인 약탈을 소위 '그레이트 게임great game'이라고 한
다. 물론 그 대열에 몇몇 일본인 탐험가도 합세했다. 유럽의 탐험가
들은 사막에서 길을 잃고 헤맬 때에도 성경책을 옆에 끼고 살았다고
한다. 그처럼 기독교 신앙으로 무장되어 있었던 그들일진대, 왜 남의
신앙에 대해서는 그토록 잔인했을까? 불교 신도들이 남긴 동굴 속

벽화들을 벽 전체를 도려내면서까지 약탈해 간 이유는 무엇이었을까? 훔쳐간 벽화들 중에 베를린 박물관에 전리품처럼 전시했던 것들도 상당량 있었는데, 안타깝게도 2차대전 중의 폭격으로 모두 흔적도 없이 소실되고 말았다고 한다. 제 자리에 있었다면 지금도 인류의 문화유산으로 남아있을 텐데... 이런 걸 보면, 종교란 한낱 자기변명을 위한 지극히 이기적인 도구였다는 생각을 뿌리칠 수가 없다.

아스타나Astāna 고분군의 미라들

다음 목적지는 고대 아스타나 왕국의 공동묘지이다. 입구에는 덩그런 정문만 있을 뿐 그 뒤로는 고대신화 속의 조각상 하나가 서 있다. 그 둘레는 황량하기 짝이 없는 평평한 사막이다. 대체 무덤들이 어디에 있단 말인가?

"아스타나는 카자흐스탄의 수도 이름입니다. 우즈베키스탄, 키르기스스탄, 투르키스탄과 인접해 있는 나라이지요. 말하자면 이곳 역시 카자흐족의 고대 영토였다는 겁니다. 4세기부터 8세기에 걸쳐 약 1,000여기의 분묘가 이 공동묘지에 있어요."

가이드의 설명에 의하면, 지금의 국경선과 고대왕국의 국경선이 전혀 달랐다. 또한 나라 이름 끝에 '스탄'이 붙은 나라들끼리 광대한 영역을 이루고 있었다는 사실을 알 수 있다.

아스타나 고분군은 우리네 묘지와는 전혀 달랐다. 우리나라의 묘지는 대개 양지바른 산기슭에 있지만, 이곳에는 널따란 평지에 자리 잡고 있었다. 고분군 유적의 정문을 들어서자 정면에 낯익은 조각이 보였다. 고대 신화 속의 두 인물, 복희(伏羲)와 여와(女媧)상이다. 신장 박물관에서 보았던 벽화 속의 주인공인데 본래 이곳 분묘의 벽화에서 나왔다고 한다. 중국 전통 신화 속의 주인공이 중원이나 황허 연안이 아니라 서쪽 변방 출신이라는 사실이 의외였다. 신화 속 주인공 복희와 여와의 혈통을 굳이 따진다면, 무덤의 소재지로 보아 한족이라기보다 호족, 오랑캐 쪽에 훨씬 가깝다. 중국인들은 95%가 한족이라고 하는데, 그 비율이 의심스럽기 짝이 없다. 추측컨대, 한족 왕조가 식민지를 확장한 뒤, 현지 원주민의 귀족에게 성(姓)을 하사했다면, 으레 한족으로 편입되는 것이다. 따라서 한족과 소수민족의 비율은 엄격한 피의 비율이 아니라는 점! 순전히 안정적인 통치를 위한 정치적인 비율인 셈이다. 엉뚱한 상상을 하고 있는데, 가이드가 이렇게 말했다.

"이곳 분묘들도 19세기 후반부터 20세기 초반까지 유럽의 탐험가들에 의해 수차례 도굴되었지요. 청나라는 바람 앞에 등불 같은 데다, 베이징은 까마득히 멀고 사막 한가운데 유적들을 아무도 돌볼 사람도 없던 시절이었으니까요. 고고학자인 탐험가들은 러시아의 클레멘츠(D. Klementz), 독일의 그륀베델(A. Gruenwedel), 르콕(A. von Le

Coq), 일본의 오타니 등이 유명합니다. 유물들은 아무런 제재도 없이 러시아, 영국, 프랑스, 일본 등으로 반출되었어요."

분묘 내부를 관람하러 갔다. 멀리서 보면 묘실 입구가 전혀 보이지 않고, 비석으로 된 안내판을 지나 경사로를 5m쯤 걸어 내려가면 묘실 입구가 나온다. 언뜻 보면 민방공훈련용 지하벙커를 닮았다. 묘실로 들어서니 가운데 유리 상자가 있었다. 상자 안에는 부부 미라 한 쌍이 반듯하게 누워있다. 첫째 날 우루무치의 신장위구르 박물관에서 보았던 다양한 미라(干尸)들이 바로 이곳에서 발굴한 것들이라고 한다. 고분 속에 누워있는 미라들은 조금은 안쓰러워 보였다. 무덤까지 파헤쳐 전시관으로 삼고 있으니, 이들의 영혼은 얼마나 부끄럽겠는가? 부부 미라의 배경으로 벽에는 6폭 병풍 그림이 그려져 있다. 신사임당의 〈초충도(草蟲圖)〉를 연상시키는 그림이었다. 살아생전에 고인이 좋아하던 동물들을 그려놓은 듯했다.

이곳과 관련, 나중에야 놀라운 사실을 알게 되었다. 이곳에서 발굴된 유물 중 일부가 우리나라 국립중앙박물관에도 소장되어 있다는 사실이다. 자그마치 1,700여 점 이상이라는데, 도대체 어떤 연유로 우리나라까지 흘러왔을까?

고고학자인 탐험가로 언급한 일본의 오타니가 그 열쇠를 쥐고 있는

인물이다. 우리나라에 있는 유물들은 본래 1914년 오타니 원정대가 약
탈했던 것들이라고 한다. 소유주 오타니가 당시 재정적인 압박을 겪으
면서, 1916년 당시 조선총독으로 있던 테라우치 마사다케에게 팔아넘겼
는데, 1945년 조선이 해방되면서 그대로 중앙박물관에 남게 된 것이라
고 한다. 지금도 중국 정부는 이 유물들을 반환하라고 줄기차게 주장
하고 있다고 한다. '약탈 유물은 본래 있던 곳으로!' 국제적인 유물 반
환 논쟁이 강 건너 불구경인 줄로만 알았는데, 그게 아니었다. 오타니
컬렉션의 유물로 인해 우리나라도 반환 논쟁에 자유롭지 못한 것이다.

소공탑, 투루판의 랜드마크

탑은 언제나 하늘 높이 솟아있다. 높이 솟아있기에 지평선에서 가장
먼저 눈에 띈다. '여기에 사원(모스크)이 있소!' 하는 식이다. 그곳에
가면 기도처가 있고, 며칠 묵어 갈 수도 있다. 또한 귀한 물건을 사거
나 팔 수 있는 시장도 있고, 몸이 아픈 사람은 한동안 치료도 할 수 있
었기 때문에, 오아시스가 있다는 표식이기도 했다. 그뿐인가? 탑의 꼭
대기에 올라가면 멀리까지 조망할 수 있기 때문에, 적의 동태를 살필
수 있는 망루 역할도 했다. 그렇다고 모든 탑이 내부에 계단이 있었던
건 아니다. 인도 대륙에 흔한 엎어놓은 사발 모양(覆鉢型)의 불탑들은
부처의 사리를 모신 탑으로써 높이만 높을 뿐 내부 계단이 없다.

정복 전쟁이 잦았던 고대의 탑들은 용도가 많았다. 기원의 대상이면서 등대와 망루 역할까지 두루 겸했다. 이것은 고대 중국 대륙은 물론이고, 중앙아시아에서도 마찬가지였다. 다만 건축 재료는 현지 여건에 따라 다양하다. 점토가 많은 지역은 벽돌로, 암석이 많은 지역은 석재로, 나무가 많은 곳은 목재로 탑을 축조하였다.

소공탑은 투루판의 랜드마크이다. 도심에서 2km 떨어진 이 탑은 모스크의 부속 구조물이다. 탑은 엄연히 사원의 부속 구조물인데도 불구하고, 원래 주인(모스크)을 내몰고 주인 행세를 하는 셈이다. 이 탑은 1778년 청나라 건륭황제(재위 13년째) 때에 지었다. 지금으로부터 240년쯤 전이다. 현지 위구르족의 수장인 아민(額敏)왕이 정복군주 건륭황제의 은혜에 감사하는 뜻을 담고 있다. 소공탑의 명칭은 아민왕의 아들인 '술래만(蘇來曼)'이 건립했기에 그의 이름(蘇公)에서 유래한 것이다.

멀리서 보니 마치 미사일의 탄두를 세워놓은 것 같다. 원추형 탑으로 높이 3분의 1쯤에서 탑의 너비가 서서히 줄어들어 꼭대기에서 돔처럼 마감이 된다. 탑의 표면은 정교한 장식들로 층층이 띠를 두른 듯하다. 무려 15가지 문양이란다. 전체 높이는 44m이고, 기부(基部)의 직경은 10m, 꼭대기의 직경은 3.8m이다. 탑신(塔身)의 외부는 꽃무늬 도안으로 화려하면서도 장엄하게 보인다.

모스크의 정문을 통해 안쪽으로 들어갔다. 어두컴컴한 정방형의 공간이 나타나고, 한가운데는 하늘로 뻥하니 뚫려 있다. 전기가 없던 시절에 천창(天窓) 역할을 하였을 것이다. 그 아래로 펼쳐진 실내 공간에는 마치 바둑판처럼 일정 간격으로 기둥들이 서 있다. 면적이 무려 2,300㎡에 달해 1,000명의 신도들이 한데 모여 예배를 드릴 수 있다고 한다. 밖은 푹푹 찌는데도 실내가 서늘한 것을 보니 벽돌로 쌓은 벽체가 두껍다는 것을 알 수 있었다. 아무런 장식도 없어 어쩐지 엄숙한 기도의 분위기가 느껴졌다.

입구 좌측에 있는 탑으로 다가갔다. 탑의 내부에는 나선형 계단이 있는데 벽돌을 내쌓기 해서 계단을 만들었다. 탑의 전체 구조에 목재한 조각 사용하지 않은 기술력이 감탄을 자아냈다. 탑의 내부는 벽체에 낸 15개의 창으로 인해 채광 및 조망을 할 수 있다. 이들 계단과 채광창으로 인해 탑의 꼭대기까지도 올라갈 수 있다. 어느 책에선가 읽은 사막의 모스크에 솟아 있는 탑에 관한 전설을 생각했다.

어느 덕이 높은 스님이 사막 마을에 가르침을 베풀고자 찾아왔다. 그런데 사치와 교만으로 가득 찬 사람 중 누구 하나도 그의 가르침에 귀를 기울이지 않았다. 고승은 크게 실망한 뒤 이들을 위해 부처님께 기도를 하려고 탑으로 들어갔다. 한결같은 마음으로 부처를 향해 예배하고 경을 외우며 삼매에 빠져 있었다. 한참 독경 삼매에서 깨어난 스님은 밖으로 나가려고 문을 열었는데 어찌 된 셈인지 문이

꿈쩍도 하지 않았다. 그래서 탑의 이층으로 올라가 다시 문을 열었는데 그곳의 문도 꿈쩍 달싹도 하지 않는 것이었다. 어쩔 수 없이 계속 위로 올라가 제일 꼭대기에 이르러 문을 열고 아래를 내려다보았다. 그런데 어느샌가 마을 전체가 사라지고, 마을이 있던 자리에는 끝없는 사막만 펼쳐져 있었다. 남아 있는 것은 오로지 높은 탑과 자신 혼자뿐이었다고 한다.

—마쓰오카 유즈루 〈돈황 이야기〉 중에서

한참을 걸어오다 뒤를 돌아보았다. 소공탑이 모래 바다에 떠 있는 노아의 방주 같다는 생각이 들었다. 이 모스크 사원(소공탑) 자체가 완벽한 요새의 모습이다.

통일신라의 황룡사 9층탑이 불현듯 떠올랐다. 황룡사 9층탑은 내부 계단을 통해 9층 꼭대기까지 올라갈 수 있었다. 9층을 쌓은 것은 신라를 위협하는 주변 9개 오랑캐를 제압하겠다는 염원을 담은 것이다. 비록 몽골의 침입으로 불타버렸지만, 그 탑에 오른 감회를 남긴 시가 『신증동국여지승람』에 전해 온다.

황룡사를 노래하다(皇龍寺題詠)/ 김극기(金克己, 1150?~1209)

층층 사다리 감아 돌자 허공으로 날 듯 하니

일만 물과 일천 산이 일망무제 탁 트였네.

몸은 노오(盧敖)가 오르내리던 밖에서 나왔고

눈은 수해(竪亥)가 오가던 곳을 삼키네.

은하수 그림자는 처마 앞 비에 떨어지고

월계 향기 난간 아래 바람에 나부낀다.

동도(東都)의 저 많은 집들을 굽어보니

벌집과 개미집인양 외려 아득하구나.

(원문: 層梯繚繞欲飛空/ 萬水千山一望通/ 身出盧敖登降外/ 眼呑竪亥去來中/

星槎影落簷前雨/ 月桂香飄檻下風/ 俯視東都阿限戶/ 蜂窠蟻穴轉溟濛)

이 시에 의하면, 황룡사 목조 9층탑 역시 달리 보인다. 내부의 층층 사다리를 통해 탑의 꼭대기까지 올라가면 사방팔방을 조망할 수 있었다. 다시 말해 전망대 기능까지 겸했던 것이다. 그런데 지금 남아있는 우리나라 탑들은 어떤가? 후대로 내려오면서 내부계단이 사라지고 말았다. 계단이 사라짐으로써 탑이 가졌던 전망대 기능마저 사라져버렸다.

불탑에서 계단이 사라진 이유는 뭘까? 조선이 건국 이후 200년 동안 명나라를 큰 형님으로 섬기면서 명나라의 안보 우산 아래 별다른 걱정 없이 지냈다. 그러다 보니 국방에 대한 대처 능력을 망각하는 바람에 탑의 전망대 기능마저 포기했던 것은 아닐까? "적(敵)과 우환이 없는 나라는 머지않아 망한다!"는 말이 생각난다. 조선 초 세종조만

해도 북방으로는 육진개척! 남으로는 대마도 정벌과 같은 막강했던 나라가 속절없이 임진왜란을 당했던 원인이 뭘까? 아무래도 큰 형님(?) 명나라를 믿고 200년 넘게 평화시대를 구가했던 데서 그 원인을 찾을 수 있지 않을까. 어쨌거나, 우리나라는 후대로 올수록 탑에 관한 한 건축기술이 퇴보를 거듭했다는 생각을 지울 수 없다.

선선(鄯善), 사라진 왕국 누란(樓蘭)

여행의 묘미는 해프닝이다. 계획에 없던 일이 갑자기 끼어드는 데 있다. 선선이 그런 곳이었다. 처음에는 이곳에 들를 계획이 전혀 없었다. 애초 둔황에서 낙타를 타고 카라반 체험을 할 작정이었다. 하지만 메르스 돌풍으로 인해 낙타 체험 대신 지프로 선선에서 사막 질주를 하게 되었다.

선선은 가오창고성에서 남쪽으로 60km쯤 떨어진 곳으로, 이곳에는 쿠무타크kumutag 사막이 있다. 쿠무타크는 황량한 벌판 같은 사막이 아니라 거대한 모래 산들이 굽이치고 있었다. 모래산 하나하나가 뭉그러진 피라미드 같았다. 모래산 기슭으로 가니 대형 주차장이 나타났다. 사막 질주를 하기 위해 지프들이 주차되어 있는 곳이었다. 일행은 6인승 지프를 타고 출발했다. 광폭 타이어를 장착한 지프는 마치 파도 위에 서핑하듯이 질주했다. 지프가 모래산의 능선 위로 바람처럼 솟았다가

벼랑으로 곤두박질치듯 내려오는 통에 한동안 정신을 차릴 수가 없었다. 청룡열차를 탄 것 같은 느낌이랄까. 같이 탄 사람들이 즐거운 비명을 질러댔다.

이윽고 모래산 중턱에 하차하여 도보로 모래산의 꼭대기까지 걸어 올라갔다. 발아래에 모래산의 장대한 파노라마가 펼쳐진 것이다. 왜 사막을 모래 바다라고 하는지 알 것 같다. 이제까지 내가 보았던 사막은 지평선이 보이는 허허벌판의 사막이었다. 하지만 정상에서 바라보는 사막은 사방팔방으로 모래 풍랑이 굽이치는 모래의 바다였다.

돌아오는 길에 쿠무타크 사막의 안내문을 보고 놀랐다. 이곳 선선이 그 유명한 고대왕국 누란이었다는 것 아닌가. 책에서 누란은 서역에 존재했던 36개 소국 중에서 가장 번성한 왕국 중의 하나라는 것을 읽은 적이 있다. 실제 도시 누란의 존재는 1900년 스웨덴 탐험가 스벤 헤딘(Sven Anders Hedin, 1865~1952)에 의해 최초로 발굴되었다(그의 모험담에 관해서는 〈실크로드의 악마들〉에 자세히 소개되어 있다).

누란은 과거 실크로드 상의 중요한 역참 도시로서 각종 사서에도 언급이 되어있지만, 그 쇠망에 대해서는 아직도 역사의 미스터리로 남아있다고 한다. 누란국은 왜 역사의 무대에서 씻은 듯이 사라졌을까? 전문가들이 추정하는 세 가지 이유가 있다.

첫 번째 이유는 전쟁이다. 주변의 고만고만한 소국들이 합종연횡으로 잘 나가던 누란을 멸망시켰다는 설이다. 다음으로는 전염병이다. 비록 건조한 기후라고 해도 이 도시는 지대가 낮아 톈산의 만년설이 녹은 물이 하천을 이룰 정도였다고 한다. 당시에도 조류독감 같은 전염병이 있었지 않았을까 하는 예측이다. 마지막 이유로는 극심한 모래폭풍의 내습이다. 장기간 모래폭풍이 불어 닥칠 경우, 도시 전체가 순식간에 모래 아래로 매장되었다는 가설을 들고 있다.

한때 번성했지만 모래 속에 매몰되어 흔적조차 묘연했던 왕국, 누란. 1900년 탐험가 스벤 헤딘에 의해 모래 속에 묻혀있던 고대 왕국 누란이 다시 세상의 주목을 받게 된다. 하지만 그것은 잠시였다. 여전히 모래 위로 드러난 유적보다 모래 아래 파묻혀 있는 부분이 많을 누란 왕국, 그 누란 왕국 위에서 지프를 타고 누볐다고 생각하니 왠지 미안한 생각이 든다.

고선지, 고구려 유민의 후예

투루판 지역을 답사하면서 줄곧 고선지 장군을 생각했다. 알다시피 고선지 장군(高仙芝 ?~755)은 당나라 전성기 때인 8세기 중엽, 서역 정벌에 용맹을 떨친 위인이다. 그에 대한 간략한 소개를 보자.

'스무 살에 고구려 유민 출신으로 721년 당나라 유격장수가 되었다. 토번국(현

티베트) 세력을 격파하고, 당나라의 영역을 타클라마칸 사막 서쪽으로 넓혔다. 수
차례에 걸친 서역원정 중, 파미르 고원을 넘은 사건이 유명하다. 이후 마지막 탈라
스 전투(751년)에서 패했다. 그는 1만 명의 군사를 이끌고 파미르 고원을 넘어 서역
을 정벌한 석국전쟁을 통해 여러 제국의 조공을 받게 했다.'

-위키백과

　그의 아버지는 고구려 유민 고사계(高舍鷄) 장군이다. 추측건대, 고
사계 일가는 고구려 멸망(668)으로 인해 당나라에 포로로 끌려온 것
같다. 아들 고선지는 어린 나이에 아버지를 따라 당나라로 왔고, 아버
지의 엄격한 훈육에 힘입어 마침내 위대한 장군이 되었다. 고구려 유민
고사계는 어떻게 대장군이 되었을까? 또한 그의 아들 고선지는 어떻게
대를 이어 대장군이 될 수 있었을까?

　자세한 기록이 없어 알 순 없지만, 당시 포로는 곧 노예 신세나 다름
없었다. 그런 신분이었던 고사계가 군인으로 출세할 수 있었던 배경으
로 두 가지 설이 있다. 하나는 고구려 장군으로 투항했을 가능성이고,
또 하나는 애초 하급 군인이었다가 전쟁에 나가 큰 공을 세워 장군이
되었을 가능성이다.

　아버지 고사계를 뛰어넘은 고선지 장군도 위대하지만 아들의 출세를
위해 그 바탕을 만들어주고 버팀목이 되어준 아비 역시 출중한 인물이
라는 생각이 든다. 아름다운 꽃도 좋지만 그 꽃을 피우게 해 준 뿌리의

힘이 더 궁금해진다. 아들을 위한 아비의 희생과 노력이 얼마나 대단했을까. 곰곰이 생각에 잠겨보면 그의 말이 귓전에 들리는 듯하다.

제 조국은 고구려입니다.

조국을 잊지 않기 위해 끝까지 성(姓)도 고치지 않았습니다.

그런데 왜, 사내대장부답게 조국을 위해 싸우다 죽지 않았냐고요?

왜 비굴하게 원수의 나라(唐), 장군으로 변절했느냐고요?

그렇습니다. 치욕스런 변절 맞습니다.

조국 고구려가 망할 때, 저는 이미 죽어야 할 목숨이었지요.

기왓장으로 남기보다 옥(玉)으로 부서지는 길,

노예로 살기보다 영웅으로 죽는 길, 응당 군인의 도리지만

굴욕을 참고 다시 살길을 택했습니다.

노비로 전락한 처자식들, 그 피눈물 앞에서

혼자 비겁하게 죽을 수는 없었습니다.

기꺼이 저는 다시 한 번 살기로 했습니다.

목숨을 구걸하여 얻은 기회,

서역 정벌 돌격대의 선봉에 섰습니다.

사생결단, 연전연승을 거듭하여 노비였던 처자식을 도로 찾았습니다,

고비 사막도 타클라마칸 사막도

파미르 고원의 눈보라마저도 제 의지를 꺾을 수 없었습니다.

허약한 아들, 선지가 당나라 최고의 전략가로 우뚝 설 때까지

제가 거울이 되고, 거름이 되고, 혹독한 조련사가 되기로 했기 때문입니다.

마침내 제 아들 선지, 당당한 고구려의 후예로서

안서도호부의 수장에 올랐습니다. 한반도의 세 배가 넘는 땅을 호령하는 장군이

되었습니다.

선지가 누빈 서역의 전장들, 고창국, 파마르, 힌두쿠시 산맥을 넘어

탈라스 전투에까지 선봉에 섰습니다.

저와 제 아들은 죽어서도 당나라의 장군보다

용맹한 고구려의 후예로 죽었기에 여한이 없습니다.

-졸시 〈고사계 장군을 위하여〉

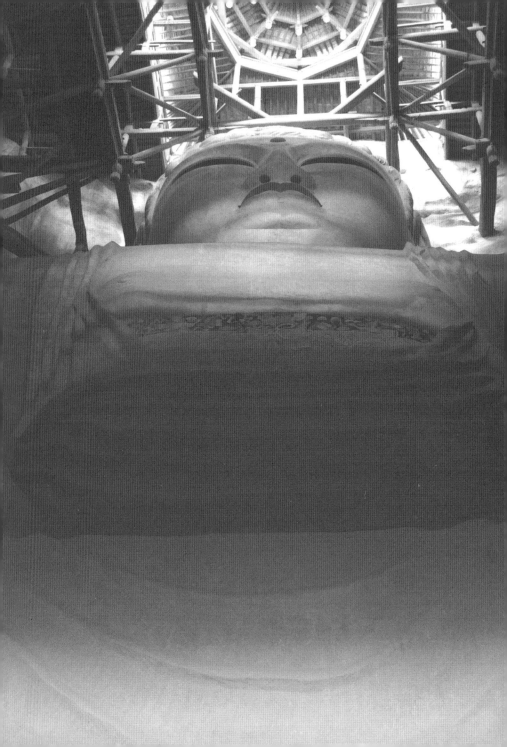

세 번째 도시- 둔황(敦煌), 서라벌에서 온 혜초스님

'명불허전(鳴不虛傳), 밍샤산의 노래는 허투루 전해지지 않는다.'

−위에야천(月牙泉) 정자(亭子)

둘째 날 투루판 일정을 마치고 기차를 타고 밤을 도와 유원으로 갔다. 침대칸은 4인 1실로 2층 침대가 마주 보고 있다. 초저녁에는 삼삼오오 모여 간단한 술자리를 가졌고, 자정 무렵에 가까워서야 잠자리에 들었다. 답사 여행의 묘미는 동행한 사람들끼리 제각기 색다른 감상을 나누는 일이다. 일테면 내가 투루판에 대해 건설 엔지니어 입장에서 지하의 만리장성에 주목한다면, 미술 전공의 사람은 집집마다 대문의 문양이 다른 것에 탄성을 지른다. 전공에 따라 보는 관점이 사뭇 다르기에, 제각기 노획물(?)을 한 자리에 풀어놓은 것만으로도 보너스를 타는 것 같다.

기차에서만 꼬박 6시간 50분을 지냈다. 새벽 4시 반에 유원에 내려 전용버스를 타고 다시 둔황으로 향했다. 사막 한가운데 외줄로 뻗은 비포장도로를 따라 다시 2시간을 달려갔다. 둔황은 어떤 느낌일까? 발음이 '황'으로 끝나니까 마치 북소리 같은 여운이 남는다.

버스 안에 때아닌 와~ 하는 소리에 비봉사몽간에 후딱 잠을 깼다. 희붐한 새벽, 황량한 지평선 위로 태양이 솟아오르고 있었다. 늦잠에 빠졌던 사람들이 일제히 눈을 떴다. 망망한 바다 같은 지평선 위로 태초의 빛 같은 태양이다.

둔황이 가까워지고 있었다. 도심으로 진입하자 어디선가 낭랑한 비파 소리가 들려오는 것 같았다. 속이 훤히 비치는 비단옷 자락을 나부끼며 비파를 타는 선녀들, 비파 타는 선녀의 낯익은 이미지가 도심의 광고판에도 간간이 보인다. 드디어 둔황에 당도한 것이다.

둔황에 들어서면서부터 우리가 통과하는 길이 허시쪼우랑(河西走廊)이다. 허시쪼우랑은 허시후이(河西回廊)로도 불리는데 '황허의 서쪽으로 길게 뻗어있는 복도 같은 지역'을 일컫는다. 간쑤성(甘肅省)의 란조우(蘭州)에서 둔황(敦煌)까지에 이르는 길이 약 900km, 너비는 수 km에서 100km에 이르는 복도형 평지이다.

한무제(漢武帝) 당시 서역 정벌의 일환으로 이 주랑에다 우웨이(武威), 장예(張掖), 주치엔(酒泉)의 허시사군(河西四郡)을 설치한다. 이

지역에 거주하는 민족은 한족과 몽골족, 위구르족, 티베트족 등이다. 한무제가 허시사군을 설치한 이래, 내륙의 신장(新疆)으로 이어지는 중요한 통로이며, 고대 실크로드의 일부분으로서 고대 중국과 서방 세계의 정치·경제·문화적 교류를 진행시킨 중요한 국제 통로였다. 하지만 허시쯔우랑은 가이드북에서만 보았지 아직 그 실체를 느끼지는 못했다. 다만 유서 깊은 둔황의 보석들을 만날 생각에 벌써부터 가슴이 뛴다.

실크로드의 타임캡슐

먼저 밍샤산(鳴沙山)으로 갔다. 우리식 발음인 '명사산' 보다는 본토 발음인 '밍샤산' 이 훨씬 더 리드미컬하다. 버스를 타고 밍샤산 풍경구 앞에 내렸다. 상상했던 밍샤산은 둔황 도심에서 꽤 멀리 떨어져 있다고 여겼다. 막상 와서 보니 둔황 도심에서 남쪽으로 겨우 5km 떨어져 있다.

밍샤산풍경구 초입부터 희한한 광경이 벌어졌다. 관람객들이 예외 없이 주황색 덧버선을 신는 것이다. 신발 속에 모래가 들어가지 않도록 신발 위에 겹쳐 신는 주황색 부대자루였다. 입장료와는 별도로 무려 15위안(한화 약 3천 원)이란다. 여기저기서 볼멘소리가 들린다. 입장료 이외에 또 주머니를 턴다고 사람들마다 불평을 늘어놓는다. 그러나 별다른

도리가 없다. 모래 속에 발이 푹푹 빠지는 것보다 덧버선을 신는 게 나으니까 말이다. 덧버선을 신고 삼삼오오 전동차를 탄다. 십여 분쯤 달렸을까 멀리서 긴 낙타 행렬이 다가오고 있었다. 자세히 보니 관광객들을 태우고 일렬로 나란히 사막을 걸어가는 낙타들이다. 놀라운 마음에 전동차 운전기사에게 물었다.

"기사 양반, 이 동네는 낙타 전염병-메르스-과 상관없소?"
"그럼요, 여기는 중동호흡기증후군과 전혀 관계없어요! "
"그렇다면 저 사람들은 대체 어느 나라 사람들이요?"
"우리나라(중국) 사람들이 대다수지요. 물론 외국인도 있지만 절대 다수가 베이징이나 상하이 등 대도시에서 온 사람들입니다."

메르스와 상관이 없다면 우리 일행도 낙타 타기를 체험해 볼 걸 그랬다. 우리 일행을 스쳐 가며 즐거워하는 관광객들의 모습을 보니 조금 배가 아팠다. 그런 마음을 안고 밍샤산 안으로 들어왔다. 밍샤(鳴沙)는 '모래의 노래'라는 뜻이건만 노래는 고사하고 천지사방에 소음이 가득했다. 머리 위에는 관광용 모터 글라이더 경비행기가 시커면 매연과 함께 괴성을 지르며 날고 있었다. 탑승객들은 필시 익스트림 스포츠를 즐기는 용감한 관광객들이리라. 나로서는 지켜보는 것만으로도 짜릿하다. 하늘이 요란한 굉음으로 가득하고, 땅에는 또 다른 비명(?)으로 가득하다. 맞은편 모래산 능선 위에 한 떼의 사람들이 일렬횡대로 도열해 있고, 그 아래로는 뿌연 먼지를 일으키며 모래 썰매를 탄 사람들이 괴성을 지른다. 호각소리와 함께 썰매꾼들의 괴성이 한데 어우러져 난리법석을 떠는 것 같다. 문득 한 가지 의문이 고개를 든다.

 "저토록 많은 사람이 모래산의 꼭대기에서 미끄럼을 타고 내려오면, 모래산이 금세 쇠똥 무더기처럼 펑퍼짐하게 변할 것 아니오?"
 내 질문에 가이드는 뽐내듯 자신 있게 대답했다.
 "아무리 썰매를 타도 모래산은 높이를 유지합니다. 그 비밀은 위에야천(月牙泉: 초승달처럼 생긴 샘물)에 있지요. 위에야천의 증발로 냉각된 공기가 밤 동안에 모래산의 아래쪽에서 꼭대기 방향으로 모래를 밀어 올리기 때문이죠."

 낮 동안 관광객들의 북새통에는 아랑곳없이 위에야천은 밤 동안 신통방통한 마술을 부리는 것이다. 그 말을 듣자마자 사막이 신비롭게 느껴진다. '사막이 아름다운 것은 어딘가 샘이 숨어있기 때문이다.' 생텍쥐페리 〈어린 왕자〉의 구절이 떠오른다.
 위에야천을 가까이 보기 위해 발걸음을 옮겼다. 밍샤산 둘레에 갇혀 있는 샘, 아니 밍샤산 자락의 사구(砂丘)들이 빙 둘러 안고 있는 샘! 밍샤산 자락이 병풍이라면 샘은 병풍에 둘러싸인 아늑한 둥지 같다.

모양은 초승달을 닮았다. 높은 곳에서 내려다보니, 샘이라고 하기엔 크고 호수라 하기엔 규모가 아담하다. 남북으로 길이가 200m, 너른 곳의 폭이 50m에 이른다. 수심은 서쪽에서 동쪽으로 갈수록 깊어진다. 이곳에 고여 있는 물은 둔황 남쪽에 하늘을 가릴 듯이 솟아있는 쿤룬 산맥 꼭대기의 만년설이 녹아내린 물이 땅속으로 스며든 것이라고 한다. 천년 세월 모래바람 속에서도 매몰되지 않는 것은 신비 그 자체이다.

물 좋고 정자 좋은 곳은 없다지만, 이곳은 물도 좋고 정자도 아름답다. 위에야천을 굽어보는 야트막한 언덕 위에는 팔각정이 하나 솟아있다. 그곳으로 갔다. 팔각정의 이마에 눈길을 끄는 편액이 있다. '鳴不虛傳(명불허전)', 말장난 같지만 재치 넘치는 글귀가 아닐 수 없다. 이 말은 '名不虛傳'에서 '이름 名'자 대신 '소리 鳴'자로 살짝 바꿔 넣은 것이다. 알다시피 명불허전(名不虛傳)의 뜻은, '명성이나 명예가 헛되이 퍼진 것이 아니라는 뜻으로, 즉 이름이 날 만한 까닭이 있음을 이르는 말'이다. 이름(名) 대신 소리 명(鳴)을 넣음으로써 '이곳 밍샤산의 소리는 허투루 전해져오는 것이 아니다!' 라는 뜻이 되었다. 환청처럼 들려오는 소리가 있다.

'밍샤산의 노래는 아무 때나 청한다고 들려줄 순 없소. 그대가 진정 그 노래를 듣고 싶다면 낮이 아니라 이슥한 밤에 찾아오시오. 고독한 나그네의 심정으로 말이오'

팔각정 난간에 앉으니, 어디선가 산들바람이 불어온다. 초승달은 어느새 밍샤산 중턱 위로 솟아오르고 꿈속의 가락인양 낭랑한 얼후(二胡) 소리가 들려온다. 얼후는 유목민들의 전통악기로 우리의 해금과 닮은 현악기다. 두 줄 사이에 활을 밀고 당기며 연주를 하는데, 그 소리가 해금보다 한층 깊고 다양하다. 해금이 왠지 슬픈 가락이라면 얼후는 왠지 현란한 느낌을 준다. 메마른 대지에 봄비처럼 내리는 가락, 나그네의 가슴이 촉촉이 젖어든다. 어느덧 여독에 찌들었던 영혼까지 말갛게 씻어주고, 싱싱하게 되살려주는 곡조, 그것은 기념품 가게에서 은은히 울려 퍼진 가락, 얼후의 명곡 '이천영월(二泉映月)' 이었다.

얼후 가락을 들으며 정자 난간에 기대어 위에야천을 내려다본다. 비록 시장통으로 변해버린 밍샤산이지만, 위에야천이 있기에 다소나마 위안이 된다. 밍샤산 위로 하늘 저 높이 뜬 초승달을 보니 홀연히 시 한 편이 떠오른다.

달밤에 고향길 바라보며

달밤에 고향 가는 길 바라보니
뜬구름만 바람 따라 바삐 흘러가누나
구름 편에 편지를 부치려 해도
바람이 등 떠밀어 불러도 돌아보지 않네

우리나라는 저 하늘 북쪽에 있고

지금 내가 있는 곳은 서역 땅 모퉁이라네.

남녘에는 기러기도 없으니

누가 날 위해 고향 숲 향해 날아가 주랴

(원문: 月夜瞻鄕路 / 浮雲颯颯歸 / 緘書參去便 / 風急不聽廻 / 我國天岸北 / 他邦地角西 /

日南無有雁 / 誰爲向林飛)

　　스물네 살 청년 혜초스님이 남긴 시다. 절절한 향수를 노래했던 혜
초스님도 이곳 밍샤산과 위에야천을 보았으리라. 그는 당나라 장안에
서 광저우로 내려와 바닷길을 통해 천축국 인도로 들어갔다. 그곳에서
4년 동안 순례를 마친 뒤, 중앙아시아를 거쳐 당나라로 돌아오는 길에
이곳 타클라마칸 사막을 건넜다고 한다. 타클라마칸은 '돌아올 수 없
는 사막'이라는 뜻이다. 1,300년 전에도 혜초스님처럼, 아니 훨씬 그
이전에도 목숨을 걸고 사막을 건너는 여행자들은 있었다. 그들은 이정
표도 없는 사막에서 밤에는 북두칠성을 보고, 낮에는 간간이 나타나
는 낙타 똥과 해골바가지를 보고 길을 찾았다고 한다.

　　이제 사막은 더 이상 그런 사막이 아니다. 이제껏 사막은 절망, 단절,
죽음의 상징에 가까웠다면 지금은 어떤가? 풍력발전단지, 태양열 단지,
익스트림 스포츠 체험장, 놀이마당 등으로 변신했다. 길게 보면 사막의
노래도 유행을 타는 것이리라. 불과 100년 전만 해도 레퀴엠이었다면,

지금은 라데츠키 행진곡풍으로 변한 것 같다. 더 이상 고독한 사막은 없다. 교교한 달밤이라면 모를까.

마오가오굴(莫高窟), 실크로드의 타임캡슐

마오가오굴 석굴은 둔황의 동남쪽 25km 밍샤산 동쪽 끝 벼랑에 있다. 이름의 유래는 애초 '사막(漠)에서 가장 높은(高) 곳이란 뜻에서 이후 '말 막(莫)자'로 바뀌었다는 설이 있다. 밍샤산의 모래 줄기 끝으로 우리는 버스를 타고 이동했다. 백양나무 숲을 지나가자 모래 언덕이 펼쳐졌는데 그 위로 크고 작은 굴들이 연립주택처럼 무리 지어 있었다. 어떤 비밀을 간직하고 있는 듯한 신비로움이 느껴졌다.

마오가오굴의 용도는 책에서 읽은 적이 있다. 먼저 풍우한설(風雨寒雪)을 막아주는 집이다. 사막에서는 나무나 돌을 구하기가 어렵기 때문에 벼랑이 있다면 응당 동굴을 뚫었다. 황허 상류의 황토고원에도 야오동(窯洞)이라는 동굴집들이 많다. 다음으로 기도하는 사원의 기능이다. 수도승의 거처 겸 장거리 여행객들의 기도처였다. 다시 말해 사막여행에 나선 대상들이나 승려들이 불심에 의지하여 여행길의 안녕을 빌었을 것이다. 물론 공양주에 따라 호화로운 석굴도 있고, 소박한 석굴도 있다. 마지막으로 숙박(客館) 기능이다. 사막 횡단을 앞두거나 이제 막 건너온 사람들이 며칠 묵어가는 장소로서 석굴만 한 것은 없다.

때로는 화물창고나 전당포 기능까지 겸했을 것이다. 혜초스님의 여행기인 왕오천축국전이 이곳 장경동(17호)에서 발견된 것도 이런 추측을 하게 한다. 스님의 두루마리 일기장을 숙박비 대용으로 잠시 맡겼다는 설이 있다.

한참을 걸어 호양나무 숲길을 지나니 석굴의 벼랑이 나타난다. 마오가오굴의 벼랑은 여느 암벽과는 달리, 자갈과 모래와 진흙이 다져진 퇴적암층이다. 그도 그럴 것이 바로 앞에 건천(乾川)이 지나는 걸 보면, 강의 하구에 선상지처럼 온갖 자갈과 모래와 진흙이 오랜 세월 퇴적된 것임을 알 수 있다. 그래서 이곳 벼랑에 굴을 파더라도 벽에다 곧장 벽화를 그릴 수가 없다. 우둘투둘한 벽에다 벽화를 그리기 위해서는 미리 석회 반죽으로 미장을 하고 그 위에 채색을 하는 것이다.

불상의 조성 역시 마찬가지다. 우선 목재로써 뼈대를 만들고, 그 위에 새끼를 붕대 감듯 친친 감은 다음, 그 위에 삼베 등을 바르고 다시 그 위에 석회로 바른다. 그렇게 마감한 불상의 표면에다 금박을 입히거나 채색을 하는 방식(彩塑)이다.

재미있는 것은 벽화 속에 십중팔구 또 다른 벽화가 존재한다는 사실이다. 이는 뭘 뜻하는 것일까? 상상하건대, 왕조가 바뀌면 석굴의 주인도 바뀌므로 그때마다 또 다른 공양주(석굴의 후원자)가 나타나 새로운 치장을 했을 것 같다. 마치 이사를 가면 새로운 집주인이 인테리어를 다시 하는 것처럼 말이다.

　이 굴들이 맨 처음 만들어진 것은 오호 십육국 시대 전진(前秦)의 지배하에 있던 355년 또는 366년으로 추정된다. 승려 낙준(樂遵)이 석굴을 파고 불상을 조각한 것을 시작으로, 그 후 원나라 시대에 이르기까지 천 년에 걸쳐 조성되었다고 한다. 이후 오랜 기간 쇠락의 길을 걷기도 했는데, 1900년 둔황의 문헌이 장경동에서 발견되면서 다시 한 번 주목을 받게 된다. 둔황문서 또는 둔황유서(遺書)로 불리는 이 문서들은 당시의 계약서와 행정문서 등인데 최초로 발견한 사람은 도사(도교의 수행자) 왕위안루(王圓錄)이다. 당시 그는 막고굴에 살면서 자신의 거처인 16호 석굴을 청소하던 중 한쪽 벽면에 이상한 공명현상이 있는 것을 보고 부속 동굴(17호)의 존재를 발견한다. 그 동굴 속에서는 고대 불교 경전과 각종 회류(回類)가 쏟아져 나왔다. 이 문서들은 당시의 생활상을 복원하고 무역관계 등을 추론할 수 있기에 무척 귀중한 가치를 가진 것이지만, 유럽 탐험가들과 일본인 탐험가들의 집요한 구매 유혹에 의해 헐값에 외국인들의 수중으로 넘어가게 된다. 이런 연유로 왕 도사는 중국인 입장에서 천하의 매국노 취급을 받게 된다. 이쯤에서 중국의 대표적인 문화평론가 위치우위(濾秋雨)의 글, 둔황 기행 편의 일부를 인용한다.

역사에는 그(왕위안루)가 둔황 석굴의 죄인이라고 기록되어 있다. 나는 그의 사진을 본 적이 있다. 무명옷을 입고 멍한 눈빛에 바짝 움츠린 그는 당시 어느 곳에서나 쉽게 접할 수 있던 중국 서민의 모습이었다. 그는 원래 후베이(湖北) 성 마청(麻城)의 농민으로, 기근을 피해 간쑤 성에 와서 도사가 되었다. 몇 번의 우여곡절 끝에 그는 막고굴에 살게 되었으니, 고대 중국의 가장 찬란한 문화유산 중의 하나를 독차지하게 된 셈이다. 그는 외국 탐험가들로부터 몇 푼의 돈과 물건을 받고 대신 무수히 많은 둔황의 문물을 내주었다. 그 결과 지금의 둔황 연구자들은 외국의 박물관에서 둔황 문헌의 마이크로필름을 돈을 내고 사올 수밖에 없다. 그리고 그들은 한숨을 내쉬며, 확대경 앞에 앉아 필름을 본다. 참으로 굴욕적인 일이 아닐 수 없다.

물론 모든 분노와 비난을 그에게 쏟아부을 수 있다. 그러나 그는 너무도 미천하고 우매하다. 아무리 심한 비난이라도 그에겐 우이독경일 뿐, 여전히 그는 무심한 표정을 보일 뿐이다. 이처럼 무지한 이에게 그 막중한 문화의 중책이 맡겨졌다니, 우리들 역시 한심하다는 생각이 들 뿐이다. (중략) 정말 알 수 없는 일은 그 훌륭한 불교 성지를 도사 한 사람이 관리했다는 사실이다. 도대체 쟁쟁한 중국의 문관들은 다 어디로 갔으며, 그들이 밥 먹듯이 올리던 상주문에는 왜 둔황에 관한 내용이 단 한마디도 없었다는 말인가?

당시는 이미 20세기 초엽이었다. 유럽의 예술가들은 새로운 세기를 준비하느라 여념이 없었다. 로댕은 자신의 작업실에서 조각을 하느라 정신이 없었고, 르느와르, 드가, 생상스 등은 이미 만년에 접어든 때였다. 마네의 〈풀밭 위의 식사〉가

완성된 것도 바로 이때였다. 그들 가운데 몇몇이 동방의 예술에 대해 흠모의 눈길을 보내고 있을 때, 둔황의 예술품들은 한 사람의 도사에 의해 좌지우지되고 있었다. (하략)

　　　　　　　　　　　　　－위치우위, 유소영, 심규호 옮김, 〈중국문화답사기 文化苦旅〉 36~37쪽

　위치우위의 글은 통탄조이긴 해도 품위를 잃지 않는다. 한편으론 당시 현지 사정을 고려한다면 왕도사의 처지에도 십분 고개가 끄덕여지기도 한다. 1894년 청일전쟁 패전 이후 혼란했던 청나라 조정은 자국의 귀한 유물을 보호할 겨를이 없었다. 따라서 왕도사의 유물 보호 요청은 거의 묵살될 수밖에 없었을 것이다. 그리고 이런 혼란한 정국을 틈타 독일, 영국, 프랑스, 러시아, 일본 등의 탐험가들은 유물 약탈 경쟁을 벌였다. 따라서 그 현장의 유일한 보호자였던 왕도사 개인에게 유물보호의 책임을 왕창 떠넘기는 것은 다분히 무리가 있다. 중국이 유물들의 가치를 인정하고 보호하기 시작한 것은 1945년 중화인민공화국 성립보다도 훨씬 이후의 일이었다. 1965년 문화대혁명을 거치면서 유물 보호에는 또 한 번의 위기가 찾아왔지만, 유물에 남다른 관심을 가지고 있던 정치가가 있었다. 당시 중국 수상 저우언라이(周恩來)였고, 그는 은밀한 보호지시를 내렸고, 그 덕에 이들 유물의 추가 봉변은 피하게 되었다.

한편 기념품점에서 사 온 책자에서 흥미진진한 사실을 발견했다. 세계적으로 유명한 타이완 화가 장다첸(張大千)에 관한 일화이다. 그는 이곳에서 1942년부터 약 3년여 정도 석굴 속의 벽화들에 일련번호를 매기고, 모사(模寫)했다고 한다. 그는 애초 베이징에 있었는데, 일본군의 대륙 침략을 피해 이곳 둔황까지 피난을 왔다가 우연히 마오가오굴 벽화에 매료되어 모사 작업에 몰두하게 되었다. 그 덕에 그의 그림 세계는 놀라보게 깊이를 더하게 되었고, 당시 그가 그렸던 비천상(飛天像) 등 둔황 연작 작품들로 인해 일약 명성을 떨치게 된다. 그럼에도 불구하고 결과적으로 벽화에 돌이킬 수 없는 해코지를 했다는 설도 있다. 내용인즉, 그가 원본 벽화를 밑그림 삼아 모사 작업을 하는 바람에 벽화들이 상당히 많이 훼손되었다고 한다. 또한 후대 벽화를 도려내고 그 그림들을 밀반출한 혐의도 있다고 한다. 혐의가 사실이든 아니든 간에, 일천 년 동안 둔황 벽화를 그렸던 헤아릴 수 없이 많은 장인의 내공을 장다첸 화백이 고스란히 전수받은 것은 사실이다. 그런 의미에서 둔황은 최상의 미술학교이기도 했던 것 같다.

마오가오굴을 찾는 관광객들은 넘쳐난다. 중국 당국의 유적 관리도 기대 이상이었다. 우선 모든 관람객은 일주일 전에 예약을 받는다. 곧장 현장답사를 하지 않고 사전에 30분 남짓 홍보영화를 본다. 관광객들을 조별로 나눈 뒤 전속 가이드를 배정한다. 혼잡을 피한다는 명분

이지만, 달리 보면 관람료를 비싸게 받기 위한 묘수 같다. 석굴 중에서 가장 관심이 갔던 곳은 역시 장경동(藏經洞)으로 20세기 초 그동안 전설 속에 묻혀있는 다량의 고문서들이 쏟아져 나왔던 곳이다. 물론 이들 고문서 중에 신라의 혜초스님이 남긴 〈왕오천축국전(往五天竺國傳)〉도 발견되었다. 하지만 중국인 전속 해설사는 혜초스님에 대해서는 잘 모르고 있었다.

서라벌에서 온 혜초스님

혜초(慧超, 704~787?)스님은 723년부터 727년까지 4년간 인도와 중앙아시아, 아랍을 여행하였다. 그런 다음 불후의 역작, 〈왕오천축국전(往五天竺國傳)〉을 남겼다. 놀라운 점은 한두 가지가 아니다. 혜초스님이 당나라에 유학 왔을 때 나이가 열여섯 살, 천축국 여행을 시작한 때가 열아홉 살부터 스물세 살이었다. 알고 보니, 혜초스님같이 당나라에 유학을 왔던 스님들이 무려 130명이나 되었다. 또한 그들 중에 서역으로 구법 여행을 떠난 신라 스님들도 9명이나 있었다고 한다.

―박한제 지음 〈대당제국과 그 유산〉 62쪽

혜초스님의 여행기는 두루마리 형태의 일기로, 세계 4대 여행기로 꼽힌다. 세계 4대 여행기로는 혜초의 〈왕오천축국전〉과 13세기 후반에 쓰인 마르코 폴로의 〈동방견문록〉, 14세기 초반의 오도록의 〈동유기〉

그리고 14세기 중반의 〈이븐 바투타 여행기〉를 손꼽는데, 혜초의 것이 가장 오래되었다.

어떻게 이곳 장경동에 보관되었는지는 여전히 미스터리이다. 최초에는 1908년 프랑스인 폴 펠리오(Paul Pelliot, 1878~1945)가 당시 이곳 장경동의 도사 왕위안루에게서 구매한 7,000점의 유물 중에 섞여 있었다고 하며, 현재 파리 국립도서관에 보관되어 있다. 지은이는 처음에는 당나라 고승으로 여겨지다가 당시 일본 승려이자 둔황학자인 오타니가 신라승 혜초의 것임을 밝혀내었다.

혜초는 자신의 여행기를 왜 이곳에다 맡겼을까? 혹시 여관비를 지불할 돈이 없어 자신의 소중한 일기를 맡겨놓고 당장 쓸 용돈을 꾸었던 건 아닐까? 전당포에서처럼 말이다. 그런 다음, 장안에 들러 돈을 마련한 뒤, 다시 이곳으로 돌아와 찾아갈 작정이었던 건 아닐까? 문득 마오가오굴 앞에서 그의 신기루를 본다.

황사바람,

설한풍같이 매운 날

두 눈만 빠끔히 내놓고

흰 두건으로 머리 친친 감은 사내

숭숭 뚫린 장삼이지만 꼿꼿한 결기

희로애락에 초연한 낙타처럼

지옥 사막, 타클라마칸을 건너

둔황 막고굴 앞에 선 사내

여보소 주인장,

이 화상(和尙), 행색은 초라해도 비렁뱅이 건달은 아니라오.

천축 다섯 나라를 돌아온 신라중이라오.

여기 내 피 같은 두루마리 일기를 맡길 테니

며칠 동안 예서 묵어가게 해주시오.

장안에 들렀다가 바다 건너 신라국 서라벌까지 갔다,

일 년 안에 다시 돌아와 이 두루마리를 찾아가겠소.

1,300여 년 전,

신라의 구법승 혜초가 맡긴 왕오천축국전

모래바람 귀신 울음 같이 울던 날,

막고굴 앞에 선 텁석부리 사내,

빛나는 눈동자를 보네.

－졸시 〈둔황의 신기루〉

둔황의 밤거리

둔황의 밤거리는 국제적인 명성에 비해 너무 어두운 편이었다. 민방
공훈련을 한다고 일부러 등화관제를 하는 느낌이 들 정도였다. 전력 사
정이 좋지 않기 때문이리라. 그리고 보니 투루판 사막에 지속적으로
건설 중인 풍력발전단지도 둔황의 전력 수요와 연관되어 있는 것 같았
다. 그나마 호텔이나 상가는 네온사인으로 이방의 나그네들을 유혹했
고, 그 유혹에 넘어간 은발의 외국인들도 제법 눈에 띄었다. 대낮의 찜
통더위에 비하면 밤은 선선했다. 숙소 건너편 야시장에 들렀더니, 노린
내가 진동하며 손님 마중을 나왔다. 목로주점들이 많았지만 초저녁이
라 그런지 한산한 편이었다. 간선도로를 따라 산보에 나섰다. 어디선가
시원한 바람이 부는가 했더니 도심에 강이 흐르고 있었다. 강변에 있
는 정자도 외관을 네온사인으로 둘러놓았는데, 처마선의 끝이 하늘로
치켜 올라간 것이 확연하다. 우리나라 고궁의 팔각정과는 처마 모양이
판이하게 다르다. 정자 아래에서 울려 퍼지는 낭랑한 비파 소리를 들으
니 마치 중국 무협영화 속 한 장면 같다.

다리를 건너 한참을 걷다 보니 쇼핑몰이 나왔다. 쇼핑몰 건너편에는
제법 큰 마사지숍(안마소)도 있었다. 안마소가 나타나자마자 안마를 받
고 싶은 생각이 굴뚝같았다. 떡 본 김에 제사 지낸다고, 친구 몇몇과 함
께 안마를 받기로 했다. 밀고 당기는 흥정을 한 끝에 적정가격에 합의를

보고 안마를 받게 되었다. 음양의 조화, 기대와는 달리 안마사는 여자가 아닌 청년들이었다. 조금 실망했지만, 여행의 피로를 푸는 데는 안마만 한 것이 없다. 그도 그럴 것이 낮 동안 한시도 가만있지 못하고 둔황 곳곳을 누볐으니까 장딴지에 알이 배길 정도였다.

내 경우는 안마하는 시간이 일석삼조의 시간이다. 피로도 풀 겸 중국어 연습도 하고, 현지 사정도 파악할 수 있으니 말이다. 5년 전쯤 항조우에서 안마를 받았을 때 그 감동을 졸시로 남긴 적이 있다.

거문고
-'전신 마사지' 에 부쳐

통나무 같다, 내 육신

환한 형광등 아래
큰 대(大)자로 누울 때는 몰랐다
무릎 위에 고인 패 깎고 후비고
마디마디 풀고 조일 때는
몰랐다. 현(絃)들이 솟는 기척

정수리에서 등골로

등뼈 아릿아릿 부비고 또 발끝까지

팽팽히 줄을 고르는가

둥둥 둥기둥!

술대로 튕기는 아릿한 산조

늙은 오동(梧桐), 퀑한 통나무

한 대 거문고로 다시 사는가

항조우(杭州)에서 만난 열여덟 샤오제(小姐)

해맑은 얼굴에 매운 손맛

희망은 항시 밥 너머에 있다는

내 거문고의 장인(匠人)

-졸저 〈연장 벼리기〉 중에서

　　다시 호텔 쪽으로 돌아와서 맞은편의 선술집에 들렀다. 양고기 꼬치구이와 맥주를 시켰다. 남자들은 대개 양고기에 대한 환상이 있다. 수컷 한 마리가 암컷 수십 마리를 너끈히 거느린다고 하니 말이다. 꼬치구이는 노린내가 나고 약간 짜기도 해서 차가운 맥주로 간을 맞출 수밖에... 파장 무렵에는 귀한 안주를 남기는 게 죄스러워 나머지를 챙겨 먹었는데 그것이 뒤탈이 날 줄은 꿈에도 몰랐다.

네 번째 도시- 자위관(嘉峪關), 천하웅관 너머 치차이 산으로

'우리의 피와 살로 새로운 만리장성을 쌓자!'

-중국 국가 〈의용군 행진곡〉

둔황에서 저녁 나들이가 과했을까? 새벽녘에 불청객이 찾아왔다. 엊저녁 재래시장 목로주점에서 찬 맥주에다 양고기 꼬치구이를 먹었던 것이 탈이 난 것이다. 양고기 꼬치구이가 약간 설익은 거 같았지만 미련스레 식탐을 부렸던 게 원인이었다. 비상약 정로환을 먹고 아침밥도 멀건 쌀죽으로 때웠지만 뱃속은 쉽사리 진정되지 않았다. 남 보기엔 한가로이 창밖 구경 같지만, 속으로는 시한폭탄을 품에 안은 듯이 전전긍긍이다. 드디어 자위관시에 당도했다. 버스가 주차장으로 들어설 때는 나는 어느새 맨 앞자리에 나와 있었고, 버스 문이 열리자마자 냅다 뛰었다. 종업원을 보자마자 소리쳤다. 화장실 어디에요?

후유, 위기일발! 가까스로 위기를 모면했다. 이제껏 중국에 여행 와서 단 한 번도 그런 적이 없었다. 지인 중에는 나더러 '당신은 전생에 중국인!'이라며 곧잘 농담도 했었는데, 이번에 된통 당한 것이다. 그러고 보니, 어느 여름, 강남지방의 난징(南京)에 갔던 일이 떠오른다. 친구들과 밤마실을 나가 재래시장 노천식당에서 양고기 꼬치구이를 시켰는데, 주방장이 정색을 하며 말했다.

"손님! 양고기는 열(熱) 식품이라 여름에는 안 먹습니다. 우리 식당에는 여름 동안 아예 메뉴에서 제외한답니다. 대신 닭고기, 오리고기, 돼지고기를 드시지요."

하지만 이곳은 무더운 강남이 아니라 북쪽 사막지방이라 그런가? 한여름에도 양고기를 취급하는 게 의외였다. 만약 어제 저녁에 양고기 꼬치구이에다 찬 맥주 대신 고량주를 먹었다면 괜찮았을 텐데 하는 후회가 밀려왔다. 음식 궁합의 중요성을 새삼 깨달았다. 다행히도 일행 중에 약사 한 분이 있었고, 그분이 구급약을 제공한 덕분에 배탈 소동은 서서히 진정되었다.

자위관, 천하제일웅관

자위관(嘉峪關)에 도착했다. 만리장성의 동쪽 끝이 산하이관(山海關)이라면, 서쪽 끝은 이곳 자위관이다. 산하이관은 우리에게 산해관으로 부르는 게 익숙하다. 하지만 여기서는 글로벌 시대의 소통 차원에서 본고장 발음으로 통일하기로 한다.

산하이관이 어떤 곳인가? 조선 시대 베이징 사행 길에 나선 조선 선비들이 가장 먼저 문화충격을 받았던 곳이 바로 이곳이다. 연암 박지원의 '열하일기'를 비롯하여 연행록마다 산하이관에서 받은 문화 충격을 언급하고 있다. 우선 그 웅장한 규모에 놀라고, 다음으로 구운 벽돌을 이용한 정교한 건축술에 놀란다. 대표적인 저작으로 실학자 박제가의 '북학의(北學議)'가 있다. 다산 정약용 역시 '북학의'에 큰 감명을 받아, 그 연장선에서 수원 화성을 설계했던 것이다.

나는 고대 중국 건축이 우리나라 건축에 어떤 영향을 미쳤는지에 대해 관심이 많다. 그런 연유로 벌써 십 년 전에 산하이관을 답사한 적이 있고, 당시 사행 길에 나섰던 조선 선비들의 문화충격을 십분 추체험할 수 있었다. 또한 열하일기와 북학의도 붉은 볼펜으로 쓱쓱 밑줄을 그어가며 감명 깊게 읽은 적이 있다. 산하이관을 처음 보았을 때는 난공불락의 청동 요새 같았다. 애초에는 붉은 벽돌로 쌓았겠지만 오랜 풍상을 견디다 보니 외관이 거무튀튀한 청동같이 보였기 때문이다.

산하이관에 비해 이곳 자위관은 거대한 영화 세트장처럼 보인다. 황토를 다져 쌓은 판축토성 구간이 대부분을 차지하고 있기 때문이다. 이곳 자위관은 산하이관과 마찬가지로 변방의 관문성이다. 란저우에서 둔황에 이르는 거의 직선으로 된 천연 협곡, 허시쪼우랑(河西走廊)에서 가장 좁은 곳에 서 있다. 최초 축성 이후 거의 100년마다 보수를 했다. 가장 최근의 복원공사는 1980년대 초반에 대대적으로 이뤄진 뒤, 1987년 유네스코 문화유산으로 등재되어 오늘에 이르고 있다.

자위관의 매표소 정문은 여포 창날같이 뾰족한 게 거북하게 보였다. 정문을 들어가니 수양버들 가로수들이 길옆으로 마치 열병식을 하는 군사들처럼 늘어서 있다. 죽어서도 천 년을 간다는 호양(胡楊) 나무들이다. 20여 분 정도 가로수 길을 걷고 나니 뙤약볕 아래 언덕길이 나타났다. 관문을 지나 꼭대기에 이르자 자위관의 내력을 증거 하는 비석들이 있다. 그곳을 통과하자 눈앞에 마법의 성같이 일대 장관이 펼쳐진다.

'마치 관운장이 청룡도를 들고 성 앞에 버티고 선 것 같네!'

절로 탄성이 나온다. 자위관 동쪽 문루는 3층 규모 팔작지붕 건물이다. 뾰족이 내민 처마가 창공을 향해 날아갈 듯 솟아 있다. 그 문루의 현판에 적힌 '천하제일웅관(天下第一雄關)' 건물도 글씨도 관운장의 카리스마를 닮았다.

사각의 옹성 중앙에는 터널처럼 생긴 홍예문이 검은 입을 벌리고 있다. 제아무리 기세등등한 장수가 활개를 펴고 걷는다고 해도, 성문의 위세에 눌려 잔뜩 주눅이 들 것 같다. 성벽의 본체는 황톳빛으로, 황토를 거푸집(版) 속에서 층층이 다져 만든 형식, 판축토성(版築土城)이다. 옹성의 아치문 위에는 희미한 글씨, 광화문(光化門) 글씨, 옹성의 문루 현판에는 광화루라는 글씨가 보인다. 언뜻 떠오르는 게 있다. 경복궁의 정문인 남문 문루의 글씨, '왕의 큰 덕이 온 나라를 비춘다' 던 의미라는데, 이곳에서는 옹성에서도 그 명칭을 보자 무언가 일시에 와르르 무너지는 기분이다. 말인즉슨 우리나라에서 광화문의 위상과 비교되었기 때문이다. 우리나라 광화문이 왕실의 대표 얼굴이라 한다면, 이곳 광화문은 변방을 지키는 일개 장수의 얼굴 같았다.

축성의 비밀

옹성 아래로 굴 같은 문을 들어오자 성안이다. 11m나 되는 성벽으로 둘러싸인 네모반듯한 공간, 마치 높다란 담장으로 둘러싸인 감옥 같다. 성벽 구조가 한눈에 드러난다. 성벽의 기단은 네모 반듯한 석재를 3단으로 쌓았다. 석재 한 개 크기가 길이 2m에 높이 50cm나 된다. 그 석재 기단 위에 판축토성을 5m 이상 쌓아 올린 것이다. 황톳빛 성벽이 그 형태를 온전히 유지하고 있는 이유는 이곳이 고비 사막 지역이기 때문이다.

그런데 성벽에 사용된 석재는 대체 어디서 구했을까? 주변이 황량한 사막이라 도무지 석재를 구할 방도가 없을 것 같다. 현지 가이드에게 물었다.

"저 돌들은 대체 어디서 구해, 어떻게 운반했나요?"

"이 주변에는 석산이 없지만, 이곳이 자위산이고. 북쪽으로 10km 떨어진 헤이산(黑山)이 있습니다. 그곳에서 석재를 채취하고 가공한 뒤 운반을 했지요. 재미있는 것은 여름 동안 석재를 채취 및 가공을 한 뒤, 겨울에는 비탈길에 물을 뿌려 빙판을 만든 다음, 산기슭까지 석재를 빙판으로 이끌어 내렸지요. 석재가 평지에 도착한 다음에는 우마차에 실어 운반을 했답니다."

말이야 쉽지만, 이곳이 협곡에 있는 관문성이라는 사실을 생각할 때, 10km 바깥에서부터 이곳까지 석재를 조달하는데, 동원된 민초들이 얼마나 고초를 겪었을지 능히 상상할 수 있겠다.

성안에서 성벽으로 오르는 길은 마도(馬道)라고 불리는 경사로였다. 마도에는 검은 벽돌(塼)이 촘촘히 깔려 거친 아스팔트 같았다.

"왜 계단이 아니고 경사로를 택했을까요?"

"계단보다는 경사로가 훨씬 편리하답니다. 이 경사로를 통해 말을 탄 장수와 병사들이 성벽 위로 쉽게 오르고, 화포와 화약을 운반하기도 쉽지요."

성벽 위에 오르니 사방팔방이 일망무제로 열린다. 남쪽을 바라보니 만년설이 쌓인 산맥이 하늘을 가릴 듯이 펼쳐져 있다. 바로 톈산 산맥의 한 구간으로 치롄산(祁連山)이다. '치롄'은 흉노어로 '하늘'이라는 뜻이며, 그래서 톈산 산맥이 되었다고 한다. 한여름에도 내 눈앞에 우뚝 솟아 있는 만년설의 산맥, 그 아래 유사 이래 좀벌레 같이 스러져간 인간의 운명이라니······.

한편 관방의 요새는 적과 아군의 경계이다. 관문의 바깥은 오랑캐들의 땅이고, 내부는 자국 영토이다. 따라서 관문성의 제1차 기능은 변방의 오랑캐들을 방어하기 위한 요새였다. 이곳 자위관은 명태조 주원장이 명나라를 건국한 지 불과 5년이 지났을 때 축성한 요새로써 서역쪽에 대한 방어가 급선무였다고 한다. 당시만 해도 중앙아시아 쪽에는 칭기즈칸의 후예 중 일파인 악명 높은 티무르군이 있었고, 그들은 호시탐탐 중원을 노리고 있었기 때문이다. 따라서 자위관은 최일선의 보루로써 가장 높은 언덕에 자리 잡은 것이었다. 그중에서도 문루는 적정을 조망하는 가장 높은 망루이다.

"저기 문루 아래 성벽의 중간쯤에 벽돌 한 장이 놓여있는 게 보이세요?"

이번에는 가이드가 내게 물었다. 성벽의 본체와 여장(餘墻) 사이에 있는 턱에 달랑 한 장의 벽돌이 놓여 있는 게 보였다. 성벽 전문가가 아닌 일반 관광객이라 할지라도 그 벽돌 한 장은 궁금증을 주기에 충분할 것 같았다.

"자위관을 쌓을 당시, 조정에서 파견된 감독관이 엄명을 내렸습니다. 이 성을 쌓는데 벽돌이 몇 장 필요한지 정확하게 계산을 내라고요." 가이드는 잠깐의 시간을 두고 이어서 얘기했다.

"당시 축성의 달인으로 소문난 장인은 전체 벽돌 숫자를 이야기했고, 감독관은 그 숫자대로 주문하며 장인에게 이르기를, 만약 한 장이라도 부족하다면 목을 내놓을 것을 명했다고 합니다. 그런데 결과가 어떻게 됐을까요? 다행히 애초 주문한 숫자대로 딱 맞기는 했습니다. 그런데 혹시라도 ·벽돌 숫자가 부족할 경우를 대비해 감독관이 여분으로 한 장을 추가 주문해 놓았던 것이라고 합니다."

이 벽돌을 일러 '최후의 벽돌 한 장'이라고 한다. 어느 정도 과장이 있었겠지만 축성의 장인이 얼마나 치밀했던가를 능히 짐작할 수 있다. 우리 가이드뿐 아니라 다른 현지 가이드들도 관광객들 앞에서 이 설화를 들려주는데, 하나같이 자부심에 들뜬 목소리였다.

그러나 벽돌 한 장도 치밀하게 계산했던 자위관은 청나라 이후 쇠락의 운명을 맞는다. 청나라를 세운 만주족은 애초 만리장성 밖에 살았기에 만리장성을 장애물로 여겼을 뿐만 아니라, 중앙아시아나 몽골 정복에 걸림돌이 되었기 때문이다. 이곳 자위관 역시 주둔하는 군대와 군인 가족들이 떠나가고 난 뒤 성채는 순식간에 천덕꾸러기로 변해버렸다고 한다. 달리 말하자면, 청나라 역대 황제들은 이전 명나라 황제들에 비해 훨씬 더 공세적으로 국토를 확장했다는 사실을 알 수 있다. 특히 건륭제의 경우, 신장위구르 지역은 물론, 티베트까지 영토를 확장했기에 그들에게 자위관의 기능은 유명무실해질 수밖에 없었다.

복원된 성벽을 돌아본 뒤, 부속건물들을 둘러보았다. 문창각에서 측으로 돌아가니 관우(關羽, 162~219)를 모신 사당, 관제묘(關帝廟)가 있었다. 관제 또는 관공(關公)은 삼국시대 촉한(蜀漢)의 대장군인 관우에 대한 존칭으로, 큰 칼인 '청룡언월도'를 잘 다루었다고 한다. 관우는 군인들의 수호신으로 대접받으며 군대를 따라 왔다가 평화 시가 되자 재물신으로 변화된 것이다. 정면 현판에 '문무성신(文武聖神)'이 나타난다. 관우는 그의 보스였던 유비를 제치고 어느새 문무를 겸비한 성스러운 신의 지위에까지 오른 것을 알 수 있다. 중국 속담에도 관우가 등장한다. '관운장 면전에서 큰 칼을 가지고 놀다(關公面前要大刀)' 이 속담을 우리말로 옮기면 '번데기 앞에서 주름잡지 마라', '도사 앞에서 요령 흔들지 마라' 쯤 되겠다. 중국 사람들이 관우를 어떻게 대접하는지를 잘 말해주는 속담이다.

우리나라에도 관우를 모신 사당, 관왕묘가 서울, 안동, 남원 등지에 있다. 서울 지하철 6호선의 동묘역은 인근에 있는 동관왕묘에서 따온 것이다. 이들 관왕묘는 임진왜란 당시, 명나라 군대가 조선에 지원군으로 올 때 그들의 수호신으로 모셔왔던 데서 유래한다. 그때 이래로 이 땅에 눌러앉아 거의 토속신처럼 대접을 받게 된 것이다. 우리나라 무당 중에도 관운장을 수호신으로 받드는 이들이 있다고 한다.

란신(蘭新) 고속철도

지난 1950년 초반, 이곳 자위관이 사라질 위기가 있었다. 란저우와 신장위구르의 우루무치를 연결하는 란신 철도의 계획 노선이 자위관을 통과하기 때문이었다. 애초 계획 노선은 자위관의 중앙을 통과할 예정이었으나, 주은래 수상이 특별지시를 내렸다. 유서 깊은 만리장성의 서쪽 끝, 자위관을 보존할 것을 지시하고, 이 구간의 노선을 아래쪽으로 우회시켰던 것이다. 중국인들에게 만리장성이 어떤 위상을 차지하고 있는지 짐작게 한다.

란신선은 간쑤성의 성도 란저우에서 신장웨이우얼자치구 우루무치에 이르는 철도이다. 1952년 착공하여 1962년 개통되었다. 란신 철도의 개통은 위먼(玉門) 유전과 우루무치 탄전의 개발, 연선 도시의 공업화, 신장웨이우얼자치구와 중국 중앙과의 연결이라는 점에서 그 의의가 크다. 이 철도의 주요 역들은 과거 실크로드 노선 위의 오아시스 도시들인 란저우, 우웨이, 장예, 자위관, 하미, 투루판, 우루무치로 총연장은 무려 1,892km다.

중국은 더 이상 만만디(천천히)가 아니다. 중국의 고속철이 지금 세계 일류로 떠오르는 중이다. 고속철은 2008년 베이징 올림픽을 앞두고 베이징과 톈진을 잇는 징톈고속철의 개통이 최초였다. 그로부터 7년이 흐른 지금은 총연장에서도 속도에서도 세계 최고를 내달리고 있다. 이곳 자위관시에도 1962년부터 철도가 통과했고, 이 철도가 2014년부터는 복선 고속철로 전환되어 운행되고 있다.

기존 노선을 단계적으로 고속철로 전환하여 2014년 9월 복선 고속철을 개통한 것이다. 중국철도는 시험운행 최고 시속 600km에 성공했고, 실제 상업운행 속도도 350km를 유지하고 있다. 이 고속철의 완공으로 종래 20시간이 소요되던 것이 8시간으로 단축되었다고 한다. 이번 우리 일행도 란신선을 몇 차례 이용한 바 있다. 빠듯한 일정의 여행객들에게 야간열차는 그저 그만이다. 하룻밤 사이 장거리 이동과 취침을 동시에 해결해 주기에 말이다.

2015년 7월 현재, 중국의 고속철은 중국 대륙에서 도움닫기를 끝내고 중국 바깥을 향해 고속 질주 중이다. 중국 고속철이 전 세계로 수출되고 있다는 말이다. 고속철 선진국인 프랑스의 테제베, 독일의 이체, 일본의 신칸센과 당당히 겨루어 속속 개가를 올리는 중이다. 안타까운 점은 후발주자인 중국 고속철이 2004년 세계 5위로 개통했던 한국의 고속철을 추월했다는 사실이다.

알고 보면, 통치수단으로 철도만큼 유리한 것도 없다. 철도는 우선 변방과 중앙을 최단시간에 연결해준다. 만약의 경우, 치안을 위협하는 소요사태가 일어나면 즉각 군대를 파견할 수도 있다. 로마제국이 속주까지 거미줄 같은 도로망을 건설했던 이유도 소통보다는 효과적인 통제에 있었다고 할 수 있다. 다음으로 철도는 전천후 운행을 할 수 있다는 점이다. 한겨울 폭설이 내릴지라도 웬만하면 운행이 가능하다. 또한 철도는 고속도로에 비해 교통통제가 훨씬 원활하다. 논리의 비약일지 모르나 사회주의 정권인 러시아나 중국이 여전히 도로보다 철도에 크게 의존하는 이면에는 철도가 중앙집권식 통치에 훨씬 유리하기 때문일 것 같다.

장성 박물관과 만리장성

자위관을 돌아본 뒤 장성(長城) 박물관에 들렀다. 중국 사람들은 만리장성을 그냥 장성이라고 부른다. 장성 박물관은 산하이관에도 있고,

베이징의 파다링(八達嶺)에도 있기에 별다른 기대 없이 들렀다. 그런데 전시내용이 아주 알차다. 특히 눈길을 끄는 것은 만리장성 전체 구간을 한눈에 들어오게 꾸며놓은 디오라마 diorama이다. 디오라마는 3차원 축소모형으로 주변 지형 속에서 자위관의 위치를 소상하게 알 수 있게 해주었다. 현지에서 성벽 위에까지 올라 주변을 조망해 보았지만, 워낙 넓은 지대라 쉽게 와 닿지 않았는데 수수께끼를 시원하게 풀어주는 기분이다. 아무리 용맹한 군사라도 자위관만 틀어막으면 중원으로 진입할 수 없다는 사실이다. 과연 천혜의 요새였다.

영상 지도에서 놀랍고도 불쾌한 부분도 있었다. 기원전 2세기 진나라 당시, 만리장성의 범위가 한반도의 평양까지 뻗쳐있다는 점이다. 모르긴 해도 그 이유는 동북공정이 아닐까. 고구려 역사를 억지로 중국사에 편입시키려는 동북공정의 결과가 지도에도 반영된 것 같았다.

베이징 여행 시에 들렀던 파다링(八達嶺)에 갔던 기억이 떠오른다. 파다링은 미국과 중국의 수교 당시 닉슨 대통령이 등정한 곳으로도 유명한 곳이다. 약방에 감초처럼 베이징 여행 패키지 상품에는 어김없이 들어가 있다. 파다링 구간은 벽돌로 얼마나 단단하게 축조되어 있는지 보는 이들마다 '2천 년 전에 이렇게도 훌륭한 성을 쌓았단 말인가!' 하며 탄성을 연발하게 된다.

그런데 많은 사람이 오해하고 있는 사실이 하나 있다. 만리장성이 진시황 때부터 튼튼하게 쌓은 것이 아니라는 사실이다. 나 역시 한동안 그런 줄로만 알았는데, 나중에 알고 보니 이건 엄청난 오해였다. 둘째 날 가오창고성에 보았듯이, 고대의 초기 장성은 흙을 층층이 다져 쌓은 토성이다. 명대 초기(1650) 이전에는 거의 그랬다. 명나라 이전 성곽들은 거의 판축토성이다. 명나라 태조 주원장 때부터 기존의 토성들을 벽돌(塼築城)로 보강을 하거나, 성문은 주로 가공한 석재로 쌓았다. 베이징 파다링(八達嶺)의 웅장한 장성 역시 명나라 후기 석성으로 개보수한 것이다.

장성 박물관은 성벽의 재료도 설명하고 있었다. 건축재료는 주변에서 쉽게 구할 수 있는 것들이다. 명나라 이후, 만리장성의 판축토성들이 상당 부분 벽돌성으로 보강되었지만, 그래도 건조한 사막지대와 강수량이 적은 북쪽의 고원지대는 판축토성을 그대로 유지했다. 그 경계를 시안을 세로축으로 하여 동쪽으로는 벽돌성, 서쪽으로는 판축토성으로 구분하기도 한다.

또 한 가지 놀라웠던 것은 고대 토성들의 성벽은 채 2m가 안 되는 높이로 지금처럼 높지 않았다는 사실이다. 그러나 말 탄 흉노족들이 단숨에 뛰어넘지 못할 정도는 되었다. 말을 타고 공격해 오던 흉노족 병사가 성벽에 가로막혀 말에서 내리면 이때 활을 쏘아 격퇴했을 것이다. 한편, 관문성이나 도성의 높이는 3m 이상으로 높았다고 한다.

"정말 만리장성이 달나라 우주인의 눈에도 보였을까요?"

박물관 내부를 관람하던 일행 중 한 명이 웃음을 띠며 내게 물었다.

"하하. 절대 그럴 리가 없어요. 축척 개념이 없는 사람들이 상상력으로 지어낸 이야기일 겁니다. 성벽 두께가 5m라고 해도 머리카락 두께보다 훨씬 더 가늘게 보이기 때문이죠."

'칭기즈칸은 성벽을 쌓지 않았기 때문에 세상을 정복했다' 는 말이 있다. 이 말처럼 일반적으로 사람들은 성벽을 소통이 아닌 단절, 자유가 아닌 구속의 상징처럼 느끼고 있다. 하지만 중국 사람들의 장성에 대한 생각은 전혀 반대인 것 같다. 중국인들은 '장성은 중화민족 역사 문화의 기념비' 라고 말한다. 장성은 유구한 중화문명의 보루 역할을 했다고 믿는다. 사서의 기록에 의하면, 장성은 기원전 6세기 춘추전국시대 때 최초로 등장하여 19세기 초 청나라 중엽까지 수축과 보수를 지속했다. 외적을 방어하는 수단으로 이보다 효과적인 시설이 없다고 확신했던 것이다.

한편 중국인들이 장성에 대해 얼마만 한 자부심을 갖고 있는가를 십분 짐작할 수 있는 노래가 있다. 중국 국가인 의용군 행진곡(義勇軍 行進曲)으로 그 가사를 소개하면 아래와 같다.

일어나라, 노예 되기 싫은 사람들아!

우리의 피와 살로, 우리의 새 만리장성을 쌓자!

중화민족에 가장 위험한 시기에 닥칠 때

억압에 못 견딘 사람들의 마지막 외침,

일어나라! 일어나라! 일어나라!

우리 모두 일치단결하여,

적의 포화를 뚫고 전진!

적의 포화를 뚫고, 전진! 전진! 전진!

그래서 그런 걸까? 중국은 여전히 지방마다 고대 성채 복원에 이상 열기를 보이는 것 같다.

치차이산, 무지개 화석의 산

장예(張掖)는 허시쩌우랑의 중부에 있다. 옛 지명은 간조우(甘州)로, 간쑤성(甘肅省)의 '간'이라는 한자를 쓰고 있기도 하다. 예로부터 살기 좋은 도시로 유명하여 '금 같은 장예, 은 같은 우웨이(金張掖銀武威)'라는 말이 있을 정도이다. 한무제 당시 곽거병이 서역을 정벌하고 나서 장예군을 설치하였는데, 장예의 지명은 '중국의 팔을 쭉 펴서 서역으로 통하다(張國臂掖, 以通西域)'에서 유래한 것이다. 하서 4군 중의 하나로, 지금은 국도와 란신 철도가 이 도시를 가로질러

간다. 인구가 126만 명이다.

이곳 장예의 새로운 랜드마크로 떠오르는 곳이 있다. 힌트는 옛 시인의 짧은 시 구절이다. '치롄산에 덮인 눈을 보지 않았다면, 감주(甘州-장예의 옛 이름)를 강남으로 착각하겠네(不望祁連山上雪 錯將甘州當江南).' 치롄산, 바로 무지개 빛깔의 치차이산(七彩山)이다.

자위관에서 3시간 넘게 버스를 타고 일곱 빛깔 산이란 뜻의 치차이산 입구에 왔다. 이 산에 대한 정보는 인터넷을 통해 검색해 본 적이 있는데, 사진상으로도 산의 색깔이 너무 화려해서 도무지 믿기지가 않았다. 또한 산에 대한 설명 중 눈길을 끄는 멋진 표현으로 '신의 팔레트, 땅 위로 내려온 무지개'도 있었다.

일행은 다소 늦은 시간인 오후 6시 무렵 입구에 도착한 터라 혹시라도 입장을 허락하지 않으면 어쩌나 하고 마음을 졸였다. 현지 가이드가 십분 능력을 발휘하여 가까스로 치차이산까지 가는 마지막 셔틀버스를 타게 되었다.

이곳의 공식 명칭은 '장예단샤국가지질공원(張掖丹霞國家地質公園)'이다. '단샤(丹霞)'는 붉은 구름이란 뜻이다. 셔틀버스를 타고 구불구불한 길을 따라갔다. 20분 남짓 달려가자 시야에 희한한 광경이 펼쳐진다. 풀 한 포기 없는 벌거숭이 민둥산이 화려한 옷을 입고 나타난다. 산기슭은 누더기를 걸친 걸인 행색인데 산허리부터 누더기를

벗은 은막의 스타 모습이다. 형형색색 켜켜이 원색의 시루떡을 쪄 놓은
것 같다. 점입가경(漸入佳境), 안쪽으로 들어갈수록 산의 경치가 더 화
려하고 변화무쌍하다. 과연 하늘의 무지개가 땅으로 내려왔다는 표현
이 어울린다.

　셔틀버스에서 내려 제1 전망대로 걸어 올라간다. 해거름 때가 다 되
었는데도 관람객들의 줄이 끝이 보이지 않는다. 한 줄로 길게 늘어선
줄의 끝이 1km 남짓 전방에 보이는 언덕의 능선이었다. 가파른 언덕길
을 오르자 사진에서 본 선경이 눈 앞에 펼쳐진다. 여기저기서 탄성이
들려오는데 중국말, 한국말, 영어, 불어, 아랍어 등 다양하다.
　기다린 언덕의 능선이 바로 전망대였다. 좁다란 능선 길을 따라 끝없
이 이어진 줄을 따라 거의 밀려 올라가다시피 하는 길. 줄잡아 중국인
관광객들이 7할이다. 그들은 내국인들이 과반수를 차지하고 나머지는
타이완, 홍콩, 싱가포르, 말레이시아 등 화교들로 보였다. 이외 3할이
한국인과 서양인들인 것 같았다.
　내가 지금껏 빼어난 자연풍경에 감동했던 곳을 들라면, 우선순위로
미국의 그랜드 캐니언, 중국의 장지아제, 베트남의 하롱베이, 터키의
카파도키아를 들 것이다. 더 이상은 놀랄만한 풍경은 없을 줄 알았
는데 이곳 치차이산을 보고 새삼 깨달았다. 지구상에는 여전히 숨은
보석들이 산재해 있다는 사실을……

해거름 때 치차이산의 빛깔은 파스텔 톤이었다. 그게 전부인 줄 알았는데 아니었다. 나중에야 알았지만, 산의 빛깔은 햇빛의 반사각에 따라 변화무쌍하다는 것이다. 가장 선명한 빛깔은 해거름 때보다 오전 시간에 나타난다고 했다. 늦저녁에 산에 올라온 것이 무척 아쉬웠다.

치차이산은 지난 수천 년, 아니 수만 년 동안이나 잊혀 지내던 산이었다. 과연 실크로드를 오가는 대상들도, 구법승들도 이 산의 존재를 까맣게 몰랐을까? 설령 그 존재를 알았어도 당시에는 아무런 쓸모가 없었으니 기록을 남길 이유가 없었던 게 아니었을까. 하지만 지금은 세상이 천지개벽이 된 것처럼 달라졌다. 풀 한 포기 제대로 살지 않는 척박한 민둥산이지만, 휘황찬란한 무지갯빛 산으로 인해 온 세상의 관광객들을 불러 모으고 있다. 대륙 속의 숨은 보석은 이런 게 아닐까. 옛날에는 그 가치를 모르던 것들이 지금은 새롭게 그 진가를 인정받는 것! 어쩐지 치차이산이 신(新) 실크로드 시대를 상징하는 새로운 비단으로 떠오른 것 같았다.

다섯 번째 도시- 우웨이(武威), 청동분마의 기상

'서역 정벌에 나간 병사들, 살아 돌아온 이가 몇몇이던고'

—왕한의 〈양주사〉

광장의 붓글씨 연습

오전 9시 반경, 장예의 대불사 앞 광장은 한가롭기 그지없다. 종종 걸음을 치는 도시 풍경에 익숙한 사람들에게는 진풍경이 아닐 수 없다. 늙수그레한 노인들이 많은데 어떤 이는 슬로비디오 속도로 기공체조를 하고 있고, 어떤 이는 석재바닥에 큼직하게 행서체로 붓글씨를 쓰고 있다. 다들 여유만만이라 보기 좋다. 붓글씨를 쓰는 노인의 붓대는 키를 훌쩍 넘는 간짓대 같다. 우리 일행은 한국에서 흔히 보기 힘든 붓글씨 쓰는 노인의 주변으로 빙 둘러섰다. 그는 벼루의 먹물 대신

양동이의 물에다 큰 붓을 적신 다음, 대리석 바닥에 익숙한 솜씨로 글씨를 써내려갔다. 글자마다 호방한 기상이 느껴진다. 우리가 탄성을 지르자 그는 빙그레 웃으며 우리 일행에게 대뜸 붓을 권하는 게 아닌가.

일행 중 머리가 새하얀 한 분이 붓을 건네받았다. 그리고는 일말의 주저함도 없이 즉석에서 '大韓民國'이라고 쓴다. 기운생동이 느껴졌다. 나중에 알았지만 평소에 서예 취미를 가지신 분이라고 한다. 중국 노인은 반색을 하며 엄지손가락을 치켜들었다.

"아하! 한국에서 오셨군요. 글씨가 아주 힘이 있군요!"

붓글씨 하나로 금세 공감대가 이뤄지는 게 신기하다. 한국과 중국이 같은 한자문화권에 속해 있다는 사실을 즉석에서 느꼈다.

광장에서 때아닌 붓글씨 공연을 보며 떠오른 말 하나.

'소년 문장(文章)은 있어도 소년 명필(名筆)은 없다' 문재(文才)가 뛰어난 소년 중에는 어린 나이에 깜짝 놀랄만한 시를 짓기도 한다. 매월당 김시습은 겨우 3살 때 한시를 지었고, 율곡 이이 또한 5살 때 한시를 지었다. 그러나 그 누구도 어릴 때부터 명필로 불린 적은 없다. 명필이 되기 위해서는 오랜 축적의 시간이 필요하다는 말이다. 한석봉의 일화처럼 말이다.

어쨌든 이른 아침, 광장에서 마주친 현지인의 서예 연습은 참 보기 좋았다. 이 광경을 포함하여 중국에 올 때마다 부럽게 느끼는 점이 있다. 그것은 바로 중국이 '노인이 행복한 나라, 노인이 존경받는 나라'라는 점이다. 중국에서는 도시든 농촌이든 간에 노인의 모습이 십중팔구 행복해 보인다. 공원에서 단체로 체조하는 노인들의 표정만 봐도 그것을 알 수 있다. 반면, 우리나라의 노인들은 어떤가? 단순히 1인당 GDP로만 행복지수를 비교할 게 아니다. 우리나라에서도 도심의 공원에서 숱한 노인들을 볼 수 있지만 그들의 표정은 어떤가? 세상에서 할 것이 더 이상 없는 듯한 무력감과 외로움, 우울감이 그득해 보인다. 노인 복지에 관한 한은 우리가 사회주의 중국에 배워야 할 것 아닌가 하는 생각마저 든다.

언젠가 중국어학원의 젊은 중국인 선생에게 내가 느낀 바를 말한 적이 있다. 중국 노인들이 평균적으로 한국 노인들보다 행복한 것 같다. 그랬더니 의외의 반론이 돌아왔다.

"무슨 말씀이세요? 저는 정반대 생각인데요. 우리 부모님은 오십 대 중반입니다. 벌써 은퇴를 했는데 하루하루 무료하게 지냅니다. 그런데 한국은 어떻습니까? 동네마다 주민센터나 문화회관 등에서 거의 무료에 가까운 문화강좌가 열리지 않습니까? 중국에 계시는 우리 부모님은 아예 상상도 못하는 일입니다. 우리 중국은 한국의 복지 정책에 비하면 아직 한참 멀었습니다."

갑자기 뒤통수를 맞는 기분이었다. '건너다보이는 풀밭이 더 푸르러 보인다'고 했다. 하지만 그 건너 풀밭에 다가가 보면 그곳은 여기보다 개똥과 쇠똥이 훨씬 더 많을 수도 있다. 역시 상대방의 이야기를 들어 봐야 한다. 그의 말대로 우리나라는 우리가 생각하는 수준보다 훨씬 근사한 나라일 수 있다. 그런데도 불구하고 나에게는 이른 아침 중국 공원에서 본 행복한 노인들의 표정이 그렇게 아른거리는 걸까.

대불사(大佛寺), 잠자는 대불

대불사 입구에는 솟을대문을 닮은 웅장한 패루(牌樓)가 서 있다. 패루는 패방이라고도 하는데, 건물 입구에 세우는 큰 문으로, 언뜻 보면 홍살문이나 절간의 일주문과 흡사하다. 패루의 현판에 있는 글씨는 불법무변(佛法無邊), 부처님의 말씀은 변방이 없다는 뜻이다. 이 절 또한 변방이 아니라 중심이라는 자부심이 느껴진다.

패루를 지나면 팔작지붕의 대웅전이 서 있다. 5층 높이인데도 불구하고 건물의 좌우 길이가 길어서 그럴까? 마치 양팔을 벌려 손자를 마중하는 할머니 품처럼 푸근하다. 건물 속으로 들어가면 어마어마한 크기의 와불과 만난다. 눈앞에 마주치는 부분이 아름드리 통나무를 방불케 하는 부처의 몸통이다. 붉은 바탕에 금빛 꽃무늬가 띄엄띄엄 보인다. 눈으로 어루만지며 왼쪽으로 시선을 이동하면 둥그런 암벽 같은 가슴, 다시 거슬러 올라가면 그 끝에 와불(臥佛)의 눈동자가 반짝인다. 눈동자는 새까만 유리알을 박아 넣었는데 마치 나를 바라보는 것 같다. 와불은 온몸에다 본래 금빛 가사(袈裟)를 걸쳤지만 거의 천년 풍상을 겪은 터라 눈동자를 제외하고는 금칠도 벗겨지고 땟국도 좌르르하다. 전체적으로는 먼 산을 보며 메주 뭉친 듯 두루뭉술한 몸통이인데도 생생하게 살아있는 느낌이다. 아무래도 반짝이는 눈동자 덕분인 것 같다.

와불의 신장은 자그마치 34.5m에 이른다. 건립 시기는 1098년 서하(西夏) 시대로 지금으로부터 무려 917년 전이다. 와불은 부처님의 최후 모습을 상징한다. 다시 말해 부처님이 쿠시나가라의 사라쌍수 아래에서 열반에 드시던 모습을 형상화한 불상이다. 머리는 북쪽을 향하고, 얼굴은 서쪽을 바라보며 오른팔로 팔베개, 또한 오른쪽 옆구리가 아래를 향하게 하고 왼손은 옆구리에 붙이고, 양다리는 나란히 포갠 상태다. 대불의 손가락 하나 속에도 성인 남자가 몸을 구부려 들어갈 수 있을 정도다.

와불은 무얼 상징하는 걸까? 설명문에 의하면 '번뇌 만상이 완전하게

소멸된 열반의 모습'으로 이 땅에 전쟁은 사라지고 평화를 염원하는 것이라고 한다. 서하 왕국 당시, 이 지역이 상습 분쟁이었다는 사실과 그로 인해 평화의 염원이 이런 와불로 나타난 것으로 보인다.

"대체 이렇게 큰 와불을 어떻게 만들었을까?"

누군가 혼잣말처럼 중얼거렸다. 나도 그것이 궁금하던 차에 건물 오른쪽 구석의 제작 전시관이 눈에 띄었다. 제작 공정 그림과 설명문을 읽었다. 가장 우선적인 제작 공정은 목재로 대불의 뼈대를 제작하고 외부에다 삼베를 고루 입힌다. 그런 다음 그 위에다 단청을 입히듯 채색을 한 것이다.

와불상의 본래 명칭이 가섭여래상인 걸 보니, 석가모니가 살아생전에 총애하던 제자 중 한 사람인 것을 알 수 있었다. 전시장 안을 빙 둘러싼 회랑에는 진흙으로 만든 18 나한상들도 진열되어 있었다. 어둑한 조명 아래 눈길을 끄는 것은 나한상 앞에 놓인 작은 팻말이었다. '예불을 드리면 복을 받지만, 반드시 돈을 바칠 필요는 없습니다(禮佛得福報 無須奉錢物)'. 이 글귀를 보고 있는 동안, 나 자신을 내려다보고 있는 나한상들의 눈빛이 마치 살아있는 것처럼 반짝였다.

안내 책자를 통해 재미있는 사실 하나를 알게 되었다. 마르코 폴로(Marco Polo, 1254~1324)가 이곳의 대불과 나한상들을 보았다는 사실이다. 동방견문록에 다음의 내용이 포함돼 있다고 한다.

"이곳에는 불교 사원과 승원도 많으며, 거기에는 하나같이 무수한 상이 안치돼 있다. 이들 상(像) 중에는 실제로 10페이스나 되는 거대한 것도 있고, 소재도 나무 진흙 암석 등 다양한데 한결같이 도금돼 있다. 솜씨도 매우 훌륭하다. 거상은 옆으로 누운 자세를 취하고 있고, 주위에는 공손하게 이를 모시고 있는 숱한 소상이 에워싸고 있다."

-동방견문록 중에서

동방견문록에 의하면, 마르코 폴로는 이곳 장예에서 1년을 머물렀다고 한다. 추정컨대, 그가 머물렀던 당시는 이미 대불이 제작되고 난 뒤 약 200년 후였다.

동방견문록의 파급효과

중세 유럽에 동방견문록만큼 큰 영향을 끼친 책이 또 있을까? 단언컨대 없을 것이다. 따지고 보면, 유럽 대륙에 중국에 대한 환상, 나아가 실크로드에 대한 판타지를 최초로 심어준 책이 바로 동방견문록이기 때문이다. 이쯤에서 마르코 폴로와 동방견문록을 잠시 이야기해야겠다.

1271년 이탈리아의 베네치아, 당시 17세 소년이었던 마르코 폴로는 상인인 그의 숙부 마페오 폴로와 2명의 가톨릭 전도사와 함께 중국 여행 길에 올랐다. 일설에 의하면, 이들은 단순한 상인들이 아니라 상인을 가장한 바티칸의 외교사절 겸 첩보원이었다고 한다. 만약 단순한 상인들이었다면 수익을 포기한 채, 오랜 기간 온갖 고초를 감내할 이유가 없기 때문이란다.

그들은 4년 동안 산전수전을 겪은 뒤에 마침내 원나라 대도(베이징)에 도착한다(1275). 그 후, 대칸의 호의로 황실에 머물면서 대외국 수출입 업무를 담당하고, 이후 3년간 양저우에 머물기도 한다. 38세가 된 마르코 폴로는 1292년 대칸에게 통사정을 하여 사임을 하고 해로를 통해 귀국 길에 오른다. 귀국 후 베네치아와 제노바의 전쟁에 참전하여 포로가 되는 바람에 감옥에 갇히게 되고 수감 도중, 작가를 만나 그에게 중국 여행담을 털어놓는다. 그의 구술로 탄생한 것이 동방견문록이다.

한편 동방견문록의 신빙성을 의심할만한 요소들은 한두 가지가 아니다. 일테면, 내용 중에 중국의 젓가락, 한자, 차(茶) 문화에 대한 언급이 일언반구도 없는 것으로, 그의 중국 여행 자체를 의심하는 이도 있다. 일례로 마르코 폴로가 임종을 맞이할 때, 신부가 그에게 이렇게 말했다고 한다.

"마르코 폴로, 얼마 후에는 하나님 앞에 서게 될 것이오. 마지막으로

참회의 기회를 드리겠소, 당신이 동방견문록에서 이야기했던 모든 것이 거짓말이었다고 털어놓으세요!"

"무슨 당치 않는 말씀이오. 그 책에는 내가 겪었던 일의 절반도 안 실려 있단 말이오!" 결과론이긴 하지만 이 책이 세계사에 끼친 영향은 지대하다. 이 책은 세계사의 흐름에 일대 전기를 제공했으니까 말이다. 일테면, 아메리카를 발견한 콜럼버스도, 배를 타고 최초로 세계 일주를 한 마젤란도 이 책을 끼고 살았다고 한다. 결과적으로 이 책은 스페인, 포르투갈, 영국, 프랑스 등 유럽 해양강국들의 식민지 쟁탈전에 불쏘시개 역할을 톡톡히 했던 것이다.

우웨이(武威), 서역 개척의 베이스캠프

장예에서 버스를 타고 우웨이로 가는 길, 오른쪽 창문 너머로 판축 토성의 장성도 나란히 달리고 있다. 성벽 아래 초원에는 양떼가 한가로이 풀을 뜯고 있다. 양떼는 이곳이 여전히 유목민의 대지라는 사실을 상기시켜 준다.

3시간 만에 우웨이에 당도했다. 우웨이는 '한무제(漢武帝)의 위용을 처음으로 떨친 곳(武威)'이다. 한무제의 서역 정벌 전쟁에서 첫 개가를 올렸다는 뜻이다. 지명 자체에서 평화보다 전쟁, 노래보다 피의 냄새가 짙게 풍긴다. 흉노의 땅 서역은 유사 이래 중국의 골칫거리였다. 춘추전국시대부터 제후국들마다 북방의 흉노족을 막기 위해 장성을 쌓았고, 그것이 진시황 만리장성의 시초이기도 하다.

여기서 잠시 한무제(孝武皇帝 劉徹, BC 156~87)에 대해 살펴보고 넘어가자. 북방의 흉노족에 대해서는 한무제 이전과 이후로 구분된다. 한무제 이전에는 결혼 동맹 등으로 '비위 맞추기' 전략이 주를 이뤘다면, 한무제 때부터는 무력 일변도의 강경책을 썼다.

강경책이 주효했던 배경은 정보전과 속도전에서 획기적인 발전이 있었던 덕분이다. 먼저 정보전의 일등공신은 한무제의 밀사 장건이다. 장건은 비단길을 최초로 개척했던 인물로 한무제의 밀사이자 외교관이었다. 한무제의 원대한 포부인 흉노 정벌 계획을 위해, 이전에 흉노에 패해 서쪽으로 도주한 월지국을 찾아간다. 장건은 월지국 왕을 찾아가 동맹을 맺어 흉노족을 협공할 계책이었지만, 가는 도중에 불행히도 흉노족의 포로가 되어버린다. 그곳에서 무려 10년 동안 억류생활을 한 뒤 가까스로 탈출하여 월지국으로 가지만, 이미 전의를 상실한 월지국의 불응으로 돌아오게 된다. 귀국 도중에 또다시 흉노의 포로가 된다. 그리하여 고국을 떠난 지 무려 13년 만에 돌아온 것이다. 이로써 애초의 계책은 수포로 돌아갔지만 그가 온갖 고초를 겪으며 수집한 서역의 정보 덕에 위청(衛靑)과 곽거병(霍去病) 등으로 하여금 흉노를 소탕하게 된다. 이를 통하여 이룩한 최초이자 최대의 성과가 하서 4군(河西

四郡)인 우웨이, 장예, 주천, 둔황을 설치한 것이다. 그런 다음 한족 중심의 군인 가족을 대거 옮겨 심는 식민(植民) 정책을 실시한다. 알고 보면, 고조선의 한사군(漢四郡)도 비슷한 시기에 동일한 전략을 펼친 결과라고 할 수 있다.

서역 정벌의 초창기에 '무제의 위엄이 하서에 도달(武帝之威河西到達)'이라는 글에서 우웨이군이 유래했다. 따라서 이곳 우웨이는 장예군, 주천군, 둔황군과 함께 하서역 개척의 베이스캠프 역할을 한 도시이다. 삼국 시대 위(魏)나라 이후 양조우(凉州)라고 불렸지만, 지명을 다시 우웨이로 되돌린 배경에는 한무제의 무력 진압에 대한 향수가 있는 것은 아닐까.

우웨이의 레이타이(雷臺)공원에 왔다. 정면에 로켓 발사대 같은 2개의 돌기둥이 있는데, 돌기둥 위에 낯설지 않은 말(馬) 조각이 우뚝 솟아있다. 달리는 말인데 네 발 중 오직 한 발만이 땅에 발을 딛고 있다. 천마(天馬) 조각상의 균형감이 놀라울 지경이다. 이 말 조각을 어디서 보았을까? 어디선가 자주 본 조각임이 틀림없는데... 그 앞에 표어처럼 걸려있는 글자가 있다. '청동분마(靑銅奔馬)', 질주하는 말이라는 뜻으로 해석된다. 얼마나 높이 뛰었으면 제비의 날개를 딛고 달린다는 걸까? 이 말 조각은 고대 한나라 분묘에서 출토된 것이다. 중국인의 과장이

무려 1800여 년 전까지 거슬러 올라간다는 것을 알 수 있다. 조각의 정식명칭은 '마답비연(馬踏飛燕)'—제비의 날개를 딛고 달리는 말—인데 중국의 고고학자 궈모루(郭沫若)가 작명한 것으로, 중국 관광의 대표 상징으로 온갖 홍보물과 고고학 관련 도서의 표지에 로고로 등장한다고 한다. 그럼 그렇지! 아마도 중국 관광 홍보물에서 얼핏 보았던 것이 뇌리에 남아 있었던 것 같다.

공원 초입의 상징탑 뒤로는 기마대의 말 조각들이 거의 실물 크기로 진열되어 있다. 일렬로 나란히 선 말들이 모두 고함을 치듯 입을 크게 벌리고, 꼬리 또한 깃대처럼 꼿꼿이 세우고 있다. 첫눈에 봐도 장군의 행차, 의장대(儀仗隊) 사열 장면이다. 앞쪽에 향도, 바로 뒤에 창을 든 기병들이 이열 횡대를 이루고, 그다음 한가운데 전차(戰車)가 있다. 분명 그 전차에는 지위가 가장 높은 장군이 타고 있을 것이다. 이들 말 조각이 한 세트로 이곳 한나라 당시 장군의 무덤에서 발굴되었는데, 당시 의장대의 말 조각 숫자는 모두 99마리였다고 한다. 기원전 2세기 말경에 이토록 정교한 청동 조각이 가능했다니 선뜻 믿기지 않는다. 새삼스레 재확인하는 사실은 고대 기술은 언제나 우리 상상을 훌쩍 뛰어넘는다는 사실이다.

"말 조각상이 무얼 뜻하는 것인가요?"
짐작을 확인하기 위하여 가이드에게 물었다.

"한무제 당시, 기마민족인 흉노족을 제압하기 위해 호(胡)나라의 천마(天馬)를 수입하여 기마전술을 적극 활용했다는 뜻입니다."

역사상 명마로 알려진 적토마, 한혈마, 천리마 등은 하나같이 북방에서 수입한 말들이다. 윈난성의 차(茶)와 티베트의 말(馬)을 물물교환했던 차마고도(茶馬古道)도 이를 입증하는 것이다. 또한 '호나라 말은 북풍을 그리워한다(胡馬依北風)'는 말에서도 알 수 있듯이, 한족들이 간절히 원했던 명마는 항시 서역으로부터 수입했던 것이다. 물론 서역의 명마를 수입하는 동시에 승마에 적합한 의복, 기마 전술 등도 유입되었을 것이다. 이에 따라 통이 좁은 소매의 윗도리와 바지, 양반 다리를 하고 방석에 앉던 기존의 습관이 탁자와 의자, 침대가 도입되면서 호풍(胡風)이라는 새로운 습관으로 정착되었다.

이어서 한나라 시대 분묘 내부를 관람했다. 이 분묘는 1969년에 발굴되었다고 한다. 묘실 입구로 들어가니 한여름인데도 서늘하다. 입구는 동쪽을 향하고 있고 동서축의 길이가 40m, 묘실 전체 면적이 60㎡ 정도의 크기다. 입구에 평면도가 붙어있는데, 언뜻 보면 마치 에스키모의 이글루를 연속해서 붙여놓은 것 같다.

경사로를 따라 묘실 안으로 들어가면, 시루떡 모양의 전돌로 정교하게 쌓은 방들이 나타난다. 전실, 중실, 후실이 있고, 전실의 양옆으로 부속실(耳室)이 붙어 있다. 이곳 부속실에서 청동분마를 비롯한 의장대

행렬 조각들이 나왔다고 하며, 부장품의 숫자는 231점에 이른다고 한다. 묘실 내부의 각 실을 연결하는 문은 입구가 낮아서 한 사람씩 오리걸음으로 들어갈 수밖에 없지만, 실 안에서는 허리를 펴고 스무 명 정도가 설 수 있다. 이글루와 비슷해도 높이가 3m는 족히 넘을 것 같다. 돔형 천장에는 격자형으로 쇠파이프들을 덧대어 놓았다. 구조적으로 충분히 안전하지만 관람객들을 안심시키기 위한 고육지책으로 보였다. 재미있는 것은 분묘 안에도 정교한 우물을 만들어놓았다는 사실이다. 그 우물 속에 종이돈들이 수북했다. 우물 바닥 가까이 조명을 밝혀 놓지 않았다면 돈을 뿌린 사실을 모르고 지나쳤을 것이다. 관광객의 주머니를 터는 수법치고는 상당히 고단수 같다.

황제릉이 아닌데도 무덤이 이토록 웅장하고 정교한 이유가 뭘까? 모르긴 해도 이 무덤의 주인공이 우웨이 지역을 통치하는 장군이었고, 당시 권세가 대단했기 때문일 것이다. 뭐랄까? 호랑이 없는 산중에 여우가 왕 노릇을 한다고 했던가?

레이타이관, 도교 사원

한묘 두 기의 내부를 관람한 뒤, 앞쪽에 있는 도교 사원으로 갔다. 레이타이관(雷臺觀), 도교에서는 그들의 최고 신인 태상노군

(太上老君)을 모신 사당이자 수련 장소를 '도관(道觀)'이라 한다. 모르긴 해도 불교의 '사(寺)', 유교의 '사(祠) 또는 묘(廟)'와 차별화하기 위해 관(觀)'자를 붙이는 것 같다. 인공으로 조성된 언덕 위에 뇌대(雷臺-벼락의 신을 모시는 누대)는 호수 가운데 섬처럼 주변 평지보다 훌쩍 높았고, 그 위에 도관 건물이 우뚝했다. 이 뇌대는 명청시대 천둥벼락의 신(雷神)에게 기우제를 지내던 곳인데, 그 풍속은 1930년대까지 지속된 후 중단되었다고 한다. 그러던 것이 1969년 뇌대 언덕의 기슭에서 우연히 한묘 두 기가 발견되었고, 졸지에 도교 사원의 기원이 1,800여 년 한나라 시대까지 거슬러 올라가게 되었다. 아울러 이 도교 사원은 본래 한묘에 제사를 주관하고, 한묘의 유지관리를 하던 부속시설로 추정하게 되었다고 한다.

언덕길을 따라 충계를 올라갔다. 아름드리 고목이 마중을 나오고, 그 뒤로 3칸 3층 규모 팔작지붕의 사당이 서 있다. 사통팔달 시야가 환히 트인다. 달밤이면 어디선가 피리 소리가 들리고, 하늘에서 선녀들이 하강할 것 같다. 진한 향냄새로 인해 더욱 신비감이 든다.

뒤쪽 거대 분묘, 앞쪽 도교 사원이 한 세트처럼 느껴졌다. 중국에서는 어디를 가든 도교 사원을 만난다. 산꼭대기에도 있고, 도심에도 있고, 시골구석에도 있다. 불교 사찰보다 공자 사당보다도 도교의 도관들이 더 많은 것 같다. 마오쩌둥에 의한 공산혁명과 1960년대 문화혁명 당시, '종교는 아편'이었다. 사회주의가 절정일 때에는 이 사당들이

타도 일 순위였지만, 지금은 인민들과 외국 관광객들의 주머니를 터는데 앞장서고 있다. 이곳 역시 군데군데 시주함이 있고, 태상노군(老子)상 앞에도 종이돈들이 수북이 쌓여있다. 사당을 들어설 때 신비감은 어느새 사라지고 말았다.

중국인들은 한창때는 유교방식으로 살고, 은퇴 후에는 도교에 귀의하여 신선놀음으로 지내고, 죽을 때는 불교방식으로 장례를 치른다고 한다. 그런 문화적 관성에 힘입어 지금 이 시대에도 유불선이 서로 충돌하지 않고, 서로 하모니를 이루는 것 같았다. 물론 문화혁명 당시 엄청난 시련을 겪은 적이 있었지만……

양저우, 포도주와 야광배

레이타이관을 둘러본 뒤 정문 쪽으로 나왔더니, 광장 한쪽에 관광지도가 광고판으로 서 있다. 눈길을 끄는 '포도주의 도시 양저우(葡萄酒城 凉州)'-양저우는 우웨이의 옛 지명- 라는 문구 아래 낯익은 한시한 편을 만났다.

포도주 담긴 야광배 술잔
마시려는데 비파소리 말 위에서 재촉하네

취해서 모래밭에 누워버렸다고

그대여, 비웃지는 말게나

예부터 전쟁에 나간 사람들

몇이나 살아 돌아왔던고

(원문:葡萄美酒夜光杯/ 欲飮琵琶馬上催 / 醉臥沙場君莫笑 / 古來征戰幾人回)

—왕한의 양주사 凉州詞 / 王翰(687~726)

　　서역 정벌에 나가는 어느 장수가 송별연을 그리고 있는 시다. 밤에도 빛나는 야광배 술잔은 한나라 당시에 유행했던 술잔으로 이 지역 특산이다. 지금도 기념품 가게마다 야광배 술잔을 팔고 있다. 이 술잔은 인근 주취안(酒泉) 지역에서 생산되는 옥(玉)으로 만들었다고 한다. 예로부터 곤륜산은 옥의 산지로 유명하여 까마귀도 옥을 물고 다닌다는 말이 있을 정도였다.

　　옥 이야기가 나왔으니 말인데, 중국인들의 옥 사랑은 유별나다. 중국의 박물관에 가면 옥(玉) 공예품들이 즐비한 것을 자주 목격할 수 있다. 어느 시대, 어느 왕조의 것이든 예외가 없다. 고대의 옥기는 신분과 지위의 상징이었으며, 옥으로 인품을 비유하기도 했다. "군자의 덕은 옥과 같다"라고 하여 군자의 처세와 행위의 규범에 비유했다. 옥의 색채, 속성, 형태를 인품의 덕(德), 인(仁), 지(智), 의(义) 등 품덕에 비유해

오덕(五德), 구덕(九德) 등 학설이 생겨났다. 옥으로 만드는 장신구는 귀족 신분과 교양의 표시로, 옥으로 만든 왕의 도장, 옥쇄는 국가와 왕권의 상징이 되었다. 또한 옥단(玉丹)을 먹으면 장생불로하고, 옥으로 만든 옷을 입으면 무병장수한다고 믿었다. 옥으로 만든 야광배 역시 중국인들의 옥 사랑의 한 단면이다.

야광배는 옥의 색상에 따라 세 가지 색이 있다. 묵옥(墨玉)은 검기가 마치 옻칠한 것 같고, 벽옥(碧玉)의 푸르기는 비취와 같고, 황옥(黃玉)은 희기가 양(羊)의 기름 같다고 한다. 이 야광배 술잔은 고온이나 저온에도 견디는 것이 특징으로 아무리 뜨거운 술이나 차가운 술을 담아도 부서지지 않는다고 한다.

각설하고, 시의 분위기로 보아 장수는 포도주에 얼큰히 취한 상태이다. 말 탄 악사가 비파를 빠르게 튕기며 술은 이제 그만 마시고 출정을 해야 한다고 재촉한다. 말하자면 비파소리가 병사들에게 일종의 출발 신호인 셈이다. 하지만 장수는 연거푸 술을 들이켜 잔뜩 취한 나머지 모래밭에 벌렁 누워버렸다. 그러자 옆에 있던 부관이 껄껄 웃으며 '장군, 이제 출발을 서두르셔야죠.' 그러자 장군이 호기롭게 대답한다. '그대여, 비웃지는 마소! 이곳 양주(지금의 武威) 땅을 넘어간 뒤, 살아 돌아온 병사가 얼마나 되었는지 아시오?' 지금 출정을 하면 이내 적과 맞서 싸워야 하는데 그 싸움에서 과연 내가 살아올 수 있을지

의문이다, 따라서 지금 이 술잔이 마지막이 될지도 모르는데 제발 재촉하지 말라는 뜻이다. 사지로 떠나가는 장수의 비애가 십분 느껴진다. 그런데 재미있는 사실이 하나 있다. 이 시는 분명 1300년 전의 서역 정벌에 나선 어느 장수의 비애를 노래했다. 하지만 이 시의 애초 의도와는 달리, 지금은 이 시가 야광배와 포도주를 선전하는 로고송처럼 애용되고 있다는 점이다. 천 년이 지나도 조금도 시들지 않는 시의 생명력! 부럽기 그지없다.

이와 관련 재미난 일화가 있다. 중국이 자국산 포도주를 프랑스에 수출하려고 했을 때, 처음에는 프랑스가 어딜 감히 와인 종주국에다 와인을 수출하겠다는 건가? 하며 콧방귀를 뀌었다고 한다. 그때 중국 인들이 '무슨 당치 않는 소리요? 1400년 전에도 우리 중국인들은 포도주를 즐겼단 말이오! 바로 이 시가 그 증거요!' 하고 내보였다는 시가 바로 이 시다.

이곳에 온 김에 기왕이면 달밤에 야광배 술잔에다 이곳의 특산 포도주를 가득 채워 한잔하고 싶었다. 그러나 아쉽게도 배탈의 후유증으로 야광배를 보고도 그냥 지나칠 수밖에 없었다.

여섯 번째 도시- 란저우(蘭州), 황허의 관문

'황허는 만 번을 굽이쳐 흘러도, 마지막엔 동쪽 바다로 흘러든다(萬折必東)'

-공자

란저우(蘭州), 그 발음도 부드럽다. 은은한 풍란의 향기 같고, 강바람에 사뿐히 떠가는 돛배가 떠오른다. 물가를 뜻하는 한자 '州(주)'에서도 도시의 성격을 능히 짐작할 수 있다. 우루무치에서부터 거쳐 온 오아시스의 도시들, 투루판, 둔황, 장예, 우웨이를 거쳐 드디어 황허의 길목 란저우에 도착했다.

란저우는 서북지방 최대의 공업도시, 간쑤성의 성도(省都)로서 인구는 360만 명에 이른다. 예로부터 실크로드로 가는 길목이자 황허를 이용한 운하 교통의 중심지였다. 다시 말해 서역으로 가는 사람의 입장에서 보면, 이제부터 본격 고생길이고, 시안으로 들어가는 이방 나그네의 입장에서는 고생 끝! 희망 시작! 중원으로 통하는 내륙의 항구도시 같은 곳이다.

언뜻 보아 도시가 더 넓은 평원에 자리 잡은 것 같다. 하지만 도심의 시야가 자동차의 매연 때문인지 아주 흐렸다. 알고 보니, 이곳 란저우는 중국 도시 중에서도 대기오염이 심하기로 순위 3위 안에 들 정도라고 한다. 그 원인은 자동차 매연과 석탄을 사용하는 화력발전소에 있다고 한다. 경제가 발전할수록 대기 오염은 더욱 심해지고, 소득은 높아가도 인민의 건강은 더욱 나빠지는 현상, 중국뿐만 아니라 지구촌이 당면한 딜레마가 아닐 수 없다.

유지아샤 협곡의 빙링사 석굴

이른 아침, 버스는 도심을 빠져나와 북쪽으로 향한다. 몇 시간을 이동하며 꾸벅꾸벅 졸고 있는데 갑작스레 주변이 소란스러워진다. 순간을 놓칠세라 급히 창밖을 보니 누런 물빛의 강이 출렁이며 흘러가고 있다. 누런 황토 빛깔의 강, 중화민족의 젖줄이자 어머니 강(母川)으로 불리는 황허(黃河)다.

알다시피 황허문명은 세계 4대 문명 중 하나로 일컬어진다. '황허는 만 번을 굽이쳐 흘러도 종래 동쪽을 향한다(萬折必東)', 즉 '만절필동'이라는 말은 본래 공자가 한 말로 논어(論語)에 나오는 말이지만,

17세기 중엽, 조선 선비들에게 정치적 신념 이상의 구호였다.

1600년대 중엽, 만주족의 청나라는 조금씩 세력을 키워 마침내 명나라를 패망시켰다. 그런데도 불구하고, 조선의 고위 관료들은 세상 물정에 어두운 청맹과니들이나 마찬가지였다. 이미 청나라 세상이 되었는데도 청나라를 여진족 오랑캐들이 세운 나라로 치부하며 애써 무시하고, 여전히 명나라가 임진왜란 당시 조선을 구해준 은혜-再造之恩-를 생각하며 만동묘(萬東廟)를 나라 곳곳에 세웠다. 만동묘는 만절필동의 황허에서 따온 명칭이며, 명나라의 부활을 학수고대하던 사당이었다.

황허가 조선 선비들의 정신세계에까지 영향을 미쳤던 사실들을 생각하는 동안 어느덧 버스가 황허 상류의 다목적댐인 유지아샤(劉家峽)댐에 도착했다.

유지아샤 댐은 1961년 황허 유역 종합개발계획의 일환으로 건설되었다. 높이 148m, 댐 길이 840m, 저수량이 57억㎥에 이른다. 수력발전도 하고 관개용수도 해결하기 위해 만든 다목적 댐이다. 이곳 선착장에서 쾌속선을 타고 상류로 가면 빙링스(柄靈寺) 석굴이 나온다고 한다. 선착장으로 갔더니 그동안 얼마나 가물었던지 선착장으로 내려가는 계단이 물가에 닿기도 전에 뚝 끊겨있었다. 계단 끝이 본래 물속에 잠겨있었지만, 수위가 2m 이상 하강하는 바람에 계단 끝부분이 볼썽사납게 드러난 것이다. 자칫하면 비탈에서 미끄러져 물에 빠질 수도 있겠다.

가만가만 고양이 발걸음으로 비탈을 내려와 쾌속선을 탔다.

쾌속선은 페인트칠이 벗겨진 중고 선박들이었다. 15명씩 한 배에 탔는데, 기대 이상으로 빨리 달렸다. 강 너비가 가물가물할 정도로 넓고 잔잔한 게 아침에 차창 밖으로 보던 황허와는 사뭇 달랐다. 너무 잔잔하여 조금은 실망스러웠다.

딱 1시간 만에 빙링스 석굴로 입구의 선착장에 도착했다. 건너편을 바라보니 기암괴석의 산줄기가 하늘에 닿는 병풍처럼 늘어서 있다. 마치 구이린(桂林)의 리강 산수를 보는 듯한 착각이 들 정도다. 선착장을 빠져나와 매표소에 도착했다. 좌측으로 깎아지른 벼랑이 있고, 그 아래로 잔도(棧道) 같은 길이 나온다.

빙링스(柄靈寺). 한자 뜻이 궁금해서 현지 가이드에게 물었더니 한자 뜻과는 전혀 다른 의외의 답이 돌아온다. '빙링'은 티베트어의 음역으로, '천불동'의 뜻이라고 한다. 천불동은 벽에 새긴 석굴사원, 광의로는 불상을 다수 조각해 놓은 석굴군을 가리킨다. 이곳 석굴들은 오호십육국 시기, 서진(西秦. 385~431)의 지배하에 있었을 당시부터 조성되기 시작했다고 한다. 무려 1500년의 역사를 간직한 셈이다.

이곳 석굴은 샤오지스산(小積石山) 협곡에 있다. 서쪽으로는 실크로드의 관문 허시주랑에 접해있고 동쪽으로는 시안으로 통한다. 협곡의 벼랑 아래로 난 길은 4km도 넘을 것 같다. 고대로부터 실크로드를 오가는 숱한 사람들, 상인, 구법승, 군인, 외교사절 등은 반드시 이곳을 거쳐 갔을 것이다. 협곡 전체가 고스란히 불상박물관이다. 협곡의 중간쯤 엄청나게 키가 큰 석불이 위용을 드러냈다. 대불을 올려다보니 나 자신이 갑자기 거인국에 불시착한 걸리버가 된 기분이다.

둔황의 마오가오굴과 빙링스 석굴은 전혀 느낌이 달랐다. 마오가오굴이 온갖 풍상을 겪고 마침내 선정에 든 노승이라면, 이곳 빙링스 석굴은 황실의 비호를 받아온 기세등등한 고승들이랄까. 또한 마오가오굴은 4세기 후반부터 조성했지만 정교한 불상과 벽화들이 많은 반면, 빙링스 석굴들은 훨씬 후대에 제작했는데도 불구하고 다양함과 정교함보다는 획일화된 느낌도 들었다. 어쩌면 빙링스의 장인들이 부유한 상인들의 든든한 후원으로 주문 제작을 하여 일종의 공산품처럼 불상을 제작한 것이 아닐까 싶기도 했다. 그러나 빙링스는 이전의 둔황 막고굴의 전통이 처음으로 전래된 곳인 듯했다. 왜냐하면, 둔황에서 장예와 우웨이를 거쳐 이곳 란저우까지는 외길 통로나 다름없는 허시쩌우랑 위에 있기 때문이다.

빙링스 석굴은 다시 황허를 따라 하류로 내려가다 루오양(洛陽)의 용문 석굴의 모델이 되었다고 한다. 이 석굴의 전통이 흘러 흘러 한반도에까지 유입되었고, 그것이 동남쪽 경주 토함산에서 활짝 꽃피었던 것이 석굴암일 것으로 추측되었다. 말하자면 인도에서 실크로드를 따라 유입된 불교 예술이 황허를 따라 중원으로 흘러가고, 또다시 한반도까지, 한반도를 거쳐 일본에까지 전파된 것이다.

댐이 건설되기 전에는 육로를 따라 석굴에 왔을 것이다. 하지만 유지아샤댐의 건설로 인해 육로는 모두 수몰되었다. 예전 길이 사라진 것이 아니라 물 위의 고속도로로 바뀐 것이라는 생각이 들었다. 길은 시대 따라 변하겠지만 거대한 빙링스 석굴은 영원할 것 같다. 중국 내륙에는 빙링스 석굴 외에도 곳곳마다 불교유적들이 많다. 둔황의 마오가오굴, 루오양의 운강 석굴, 천수의 맥적산 석굴 등은 규모에 있어 세상 어느 종교의 상징에 비교해도 뒤지지 않는다. 이런 유적들이 있기에 중국 대륙의 불교 신앙은 쇠퇴하지 않을 것 같다. 결과적으로 앞으로도 중국 대륙에서 기독교의 교세 확장은 여전히 미미할 것만 같다.

소규모 불감(佛龕) 앞에는 시줏돈들이 수북하다. 엄격한 사회주의 체제도 민초들의 기복 신앙은 막지 못한다는 사실인가? 아니면 정부 당국이 의도적으로 은근히 부추기는 건가?

남수북조, 또 하나의 대운하

다시 배로 돌아왔다. 선착장 아래로 앙상하게 드러난 비탈을 보니 가뭄이 엄청 심한 것을 알 수 있었다. 가뭄은 도미노 현상처럼 그 파장이 일파만파로 이어진다. 농작물 피해뿐만 아니라 중국 북부의 사막화를 가속시키기 때문이다. 봄철 황사에서 보듯 그 피해는 중국을 넘어 한반도까지 미치고 있는 실정이다.

보도에 의하면, 이미 베이징 북쪽 80km까지 사막화가 진행되었다고 한다. 사막화가 지속된다면 부득이 수도까지 이전을 고려해야 하는 실정이란다. 이에 따라 중국 정부는 특단의 대책을 펼치고 있다. 바로 남수북조(南水北調) 프로젝트이다. 남쪽의 풍부한 물을 인공 수로를 통해 북쪽으로 보내는 프로젝트인데, 기존의 경항대운하를 포함하여 3개 수로를 건설할 계획이 포함되어 있다. 이곳 란저우에도 십 년 이내에 남쪽의 물이 공급될 예정이라 한다. 남수북조 프로젝트에는 총사업비 5천억 위안(한화 1백조 원)이 소요될 예정으로 이전의 샨샤댐 프로젝트를 능가하는 규모이다. 3개 수로 중 중선은 지난 2014년 연말에 정식 개통되었다.

'우공이산(愚公移山)'이란 고사가 떠오른다. 우공이산은 신화시대의 고사이지만, 21세기 지금의 현실에도 적용할 수 있다. 중국 정부는 샨샤댐 프로젝트나 칭짱철도를 시행할 당시 국가적 구호로 '우공이산'을 내걸었고, 지금도 거대 프로젝트에는 으레 들먹이고 있다. 잠시 그 내용을 살펴보자.

옛날, 중국의 북산(北山)에 우공이라는 90세 된 노인이 살고 있었다. 그곳은 태행산(太行山)과 왕옥산(王屋山) 사이였다. 이 산은 사방이 700리, 높이가 만 길이나 되는 큰 산으로, 북쪽이 가로막혀 통행이 불편하였다. 우공이 어느 날 가족을 모아 놓고 말하였다.

"저 험한 산을 평평하게 깎아서 예주(豫州)의 남쪽까지 곧장 길을 내고, 동시에 한수(漢水)의 남쪽까지 곧장 갈 수 있도록 하겠다. 너희들 생각은 어떠하냐?"

가족 모두 찬성하였으나 그의 아내만이 반대하며 말하였다.

"당신 힘으로는 조그만 언덕 하나 파헤치기도 어려운데, 어찌 이 큰 산을 깎아 내려는 겁니까? 또, 파낸 흙은 어찌하시렵니까?"

우공은 파낸 흙은 발해(渤海)에다 버리겠다고 하며, 세 아들과 손자들까지 데리고 작업에 들어갔다. 돌을 깨고 흙을 파서 삼태기와 광주리 등으로 나르기 시작하였다.

황해 근처 사는 지수라는 사람이 그를 비웃었지만 우공은 이렇게 대꾸했다.

"내 비록 앞날이 얼마 남지 않았으나 내가 죽으면 아들이 계속할 테고, 아들은 또 손자에게 잇게 할 테고... 이렇게 자자손손 이어 가면 언젠가는 반드시 저 산이 평평해질 날이 오지 않겠소." 하고 태연히 말하였다.

한편 두 산을 지키고 있던 사신(蛇神)이 자신들의 거처가 없어질 형편이라 천제에게 호소하였다. 마침내 천제는 우공의 우직함에 감동하여 역신(力神) 과아의 두 아들에게 명하여 두 산을 하나는 삭동(朔東)에, 또 하나는 옹남(雍南)에 옮겨 놓게 하였다고 한다.

2016년 현재, 중국 전역에서는 여전히 또 다른 우공이산 프로젝트들이 진행되고 있다. 그중의 하나가 바로 남수북조인 것이다.

한편으로 우공이산은 왕조시대의 프로퍼갠더라는 생각을 지울 수 없다. 일종의 집단 최면술 같다. 아무리 후손들의 행복을 위한다고 해도 그렇지, 어느 조상이 일평생 죽도록 땅만 파다 가겠는가? 또한 아무리 그 아비에 그 자식들이라고 해도, 아비가 시킨다고 자기 인생을 통째로 땅파기에 탕진한단 말인가? 그런데도 중국 정부가 추진하는 거대 프로젝트에는 어김없이 우공이산의 고사가 등장하는 현실이다.

정부의 거대 프로젝트로 인해 삶의 터전을 잃고 강제 이주를 당하는 사람들, 환경 훼손에 대해 항의하는 민간단체들은 반정부세력으로 취급을 받는 실정이다.

황허의 풍랑

선착장 부근 선상 식당에서 점심을 먹었다. 갈수록 비바람이 부는 게 심상찮다. 올 때 탔던 쾌속선을 타고 출발했는데 풍랑이 심했다. 호수처럼 잔잔했던 강물이 거친 바다로 변한 듯 심술을 부렸다. 상하 진동이 이만저만이 아니다. 머리가 천장에 부딪혔다가 떨어질 때도 사정없이 떨어진다. 그래도 한동안 이러다 말겠지 하며 깔깔거렸다. 누군가

우스개를 했다.

"내리자마자 X-레이 찍어 봐야겠다!"

파도가 덮치자 앞쪽에 앉은 사람들이 물벼락을 맞았다. 연속해서 물벼락을 맞으니 배 안이 갑자기 침묵 모드로 바뀐다. 선장도 어느새 걱정스런 얼굴로 바뀌었다.

선장이 휴대폰을 들고 누군가에게 초조하게 외친다. 하도 빨라 내용은 모르겠고 끝말만 들린다. 갑자기 조난 영화 포세이돈 어드벤처가 떠오른다.

"...하오부하오?" (그래도 되겠어?)

선장의 목소리가 사태의 심각성을 말해 주었다. 급기야 우리 배는 출항한 지 30분쯤 지나 중간 대피항(?)으로 피난했다. 한참을 통화한 후 재출항을 했는데 이번에는 강 복판이 아니라 강가를 따라 운행을 했다. 바다에서는 풍랑을 만나면 바다 한복판으로 배를 몰아간다고 했는데 이곳 호수 안에서는 연안을 따라 운행을 했다. 속도를 늦추어 달린 끝에 1시간 반 경 조금 넘어 도착했다. 가이드에게 물었다.

"큰 배를 운항하면 훨씬 안전할 텐데, 왜 작은 배를 고집할까요?"

"만약 큰 유람선을 운항한다면 아마 서너 시간은 걸릴 걸요!"

대형 유람선은 무게가 많이 나가기 때문에 속도가 느리게 마련이라는 것이다.

겨우 한나절 빙링스 석굴을 보고 오면서 황허 체험을 극한까지 했다. 출항할 때만 해도 황허에 대한 실망이 넘쳤는데, 돌아오면서 공포의 황허를 겪었다. 현지 가이드가 말했다.

"몇 년 전에도 돌아오는 길에 심한 풍랑을 만난 적이 있지요. 그때는 도저히 계속 운항을 못하고 중도에 불시착을 했지요. 어느 강마을에 하선하여 비포장도로를 따라 밤을 새워 란저우로 돌아온 적도 있었답니다. 거기에 비하면 오늘 이 정도는 약과입니다. 우리는 억세게 운이 좋은 편이지요."

그 말에 약간은 마음이 놓였다. 최악에 비교하면 그래도 낫다.

란저우 도심으로 돌아오면서 이태백의 걸작 장진주(將進酒)가 떠올랐다. 비록 장엄한 황허는 못 보았지만, 꿩 대신 닭으로 그 가사나 음미해 보아야겠다.

그대는 보지 못 했는가
황허의 물이 하늘에서 내려와
힘차게 흘러 바다에 이르면 다시 돌이키지 못 하는 것을
그대는 보지 못 했는가

고대광실 높은 집, 거울 앞에 흰 머리 슬퍼하느니

아침에 검푸른 머리, 저녁에 눈같이 희어진 것을

인생이 잘 풀릴 때 즐거움 다 누리고

금 술잔, 헛되이 달을 쳐다보게 하지는 말게

하늘이 내게 주신 재주 반드시 쓰일 것이며

많은 돈을 다 써버리더라도 다시 생겨나리라

양고기 삶고 소 잡아 또 즐기리니

모름지기 한 번 마시면 삼백 잔은 마셔야 하리라

잠부자, 단구생이여

술잔 권하노니, 부디 거절하지 말게나

내 그대들에게 노래 한 곡 불러주려니

그대들은 나 위해 귀 좀 기울여 주게나

음악과 귀한 안주 아끼지 말고

부디 오래 취하여, 제발 깨지 말았으면 좋겠네

옛날의 성현군자들은 다 잊혀지고

술꾼들만 이름을 남겼다네

진왕은 그 옛날 평락궁 잔치 열고

한 말에 만 냥이나 하는 술 마음대로 즐겼다네

주인은 어찌하여 돈이 적다 말하리오

모름지기 빨리 사 와서 그대와 대작하리라

오화마, 천금의 갑옷을

아이 불러 좋은 술로 바꿔 오리니

자네들과 함께 하며 만고의 시름을 삭여보자꾸나

황허와 창장, 중국인민을 아우르는 힘!

이태백이 남겨놓은 이 시 때문일까? 중국인들의 황허 사랑은 실로 대단하다. 황허는 중국을 대표하는 고대문명의 강만이 아니다. 아득한 과거로부터 오늘 현재, 그리고 다가올 미래까지 한족을 포함한 56개 소수민족을 하나로 묶어주는 시공무한 미래의 강이기도 하다.

하지만 황허는 중원 문명을 대표하기에 아무래도 한계가 있다. 그래서 중국인들은 언제나 황허와 함께 우리가 양쯔강이라 부르는 창장(長江)도 함께 들먹인다. 지금 당장 유튜브에 들어가 '황허 창장(黃河 長江)'을 검색해 보라. 한족이든 소수민족이든 간에 이 노래를 듣고 가슴이 뜨거워지지 않는 사람은 중국인이 아니다. 그 노래의 가사를 옮겨본다.

황허와 창장(黃河長江 / 作詞: 張雨生, 作曲: 張雨生)

나는 중국의 어머니

내가 낳고 기른 중국 사람들

끈끈이 이어온 수천 년 숨결

나는 중국의 목숨

나는 중국의 핏줄

멈추지 않은 힘찬 운행

수천 년 이어온 함성

나는 중국의 목숨

흘러라, 굽이쳐라

적막한 앞길을 위해

널리 널리 안개 같이 퍼져라

흘러라, 온갖 시련 이겨내라

타향 나그네를 위해

불러주렴, 고향 노래를

흘러라, 고원과 언덕

영원히 전진하라

동방의 새벽빛을 향해

우뚝한 산 위에서 태어나

웅혼한 푸른 산맥을 감돌아

중국의 심장을 적시고

둥팅호 석양을 향해 달려라

나는 저 천상에서 내려온 물

콸콸 솟는 색깔의 강물

가슴 속 끓는 정회

(중략)

나는 중국의 어머니

나는 중국의 생명

나는 중국의 어머니

나는 중국의 생명 (번역 박하)

중국인들은 전국 규모의 축제나 명절이면 공연 무대에 으레 이 노래
가 등장한다. 가사도 쉬워 어느새 청중들도 합창하게 된다. 이 노래를
듣노라면 중국인이 아닌 필자도 금방 가슴이 뜨거워진다. 이 광경을 보
며 언뜻 우리의 경우를 떠올려본다. 남북통일은 아직도 요원하고, 시
도 때도 없이 남남갈등으로 속병을 앓고 있는 현실이다. 우리도 백두산
과 한라산만 노래할 게 아니라, 남북을 하나로 아우를 수 있는 대동강,

한강, 낙동강의 노래를 하루빨리 만들어야 할 것 같다. 아무리 황허가 좋다 한들 나는 역시 대한 남아이니까 말이다.

일곱 번째 도시- 시안(西安), 진시황을 위한 변명

'적(敵)과 우환이 없는 나라는 조만간에 망한다.'

-중국 속담

시안과 장안 사이

당나라 시대에 시안(西安)은 장안(長安)이다. '장안의 지가(紙價)', '장안의 화제(話題)'라고 할 때 바로 그 장안이다. 8세기 초에 인구가 이미 1백만 명을 넘어 당시 세계 최대 도시였다. 이곳 시안은 중국의 역대 왕조 중에 무려 13개 왕조가 수도로 삼았다. 그리하여 도합 1300여 년 동안 도성의 지위를 누렸던 곳, 그 영향력은 동양권 나라들에 있어 도성들의 모델이기도 했다. 일본의 나라와 교토는 물론이고, 조선의 한양까지 설계에 본보기로 삼았다.

중국 전문가들이 곧잘 하는 말이 있다. "지난 100년의 중국을 알려면 상해로 가고, 지난 1000년의 중국을 알려면 베이징으로 가고, 과거 3000년의 중국을 알려면 시안으로 가라." 이 말처럼 시안의 역사는 장구하다. 고대 유적 또한 지층 켜켜이 쌓여 있다.

사람들은 시안을 일러 '동양의 로마'라고 한다. 하지만 이 별명은 부적절하다. 왜냐하면, 이 말 속에는 로마가 세상 으뜸이라는 전제가 깔려있기 때문이다. 엄밀히 따져본다면, 로마제국의 영역 이상으로 고대 중국 전성시대의 강역이 더 넓었다. 또한 로마가 유럽대륙에 끼친 영향력 이상으로 이곳 장안의 영향력이 훨씬 더 강력했다.

이른 아침 7시 10분경, 시안역에 도착했다. 란저우에서 밤새 침대 열차를 타고 달려온 것이다. 너나 할 것 없이 억지로 단잠을 깬 듯한 인상이다. 연신 하품을 하며 기차에서 내렸는데 역 앞의 인산인해를 보자 어느새 졸음이 싹 가셨다. 놀랍다! 당대(唐代) 번화했던 동서양 교역장의 기점이자 종점이었던 도시다웠다. 그 관성이 지금까지 면면히 내려오는 것 같았다.

가장 먼저 우리를 마중 나온 것은 웅장한 시안 성채였다. 3층 높이가 족히 될 것 같다. 우람한 성벽만으로도 장구한 역사의 중량감이 느껴진다. 성문을 좌우로 양 날개를 펴듯 이어진 성벽은 박제된 유물이 아니라 여전히 살아있는 느낌이다. 성벽은 마치 광채 나는 청룡의 몸뚱이 같고, 성벽의 벽돌 하나하나가 용의 비늘 같다. 역시 왕조의 권위는 건축의 규모에 비례하는 것 같다. 사회주의 중국에서 과거 절대왕조의 영광이 더 찬란하게 빛나는 느낌은 아이러니가 아닐 수 없다.

성벽 주위로 파놓은 구덩이, 해자(垓字) 또는 호성하(護城河)라는 도랑은 협곡처럼 깊었고, 성곽 모퉁이마다 하늘을 찌를 듯이 솟아있는 각루들……. 수 년 전, 시안을 처음 방문했을 당시, 저 성벽 위에서 전동차를 타고 한 시간 남짓 유람을 했던 적이 있다. 성벽의 폭이 얼마나 넓은지 그 위에서 자전거나 전동차도 탈 수 있다.

'성벽=단절'이라는 선입견이 '성벽=전망+유람'으로 순식간에 갱신되었던 기억이 지금도 선명하다. 덩치만 크고 고압적인 전통이 아니라, 생활 속에 녹아있는 전통이라 부럽기만 했다. 물론 절대왕조 시대에는 그 성벽 위에서 일반 백성이 놀이를 할 리는 만무하지만, 지금은 인민들의 사랑을 받는 놀이터로 변한 것이다.

일행은 성벽과 나란한 간선도로를 지나갔다. 간선도로의 차들을 보자 전통의 품 안에 현대 도시문명이 안겨 있는 듯한 느낌이 들었다.

웅대한 성벽을 올려다보며 문득 우리나라 남대문이 오버랩 되었다. 이전에는 예사로 여겼던 남대문이 이곳 시안 성채를 보고나니, 양팔을 잘린 장수처럼 안쓰럽기 그지없다.

로마와 시안

'로마' 하면 제일 먼저 무엇이 생각나십니까?

—로마의 휴일! 오드리 헵번과 그레고리 펙 주연 영화 있잖아요.

아마도 50대 이상으로 이 영화를 본 적이 있고, 아직 로마를 가본 적이 없는 사람이라면 이렇게 대답할지도 모른다.

그렇다면 '시안' 하면 제일 먼저 무엇이 떠오릅니까? 라는 질문은 어떤가?

나라면 이렇게 대답했을 것이다.

—장한가(長恨歌)! 현종과 양귀비의 사랑을 다룬 뮤지컬 있잖아요.'

십 년 전쯤 시안에 처음 왔을 당시, 야간에 화청지 무대에서 장한가 공연을 보았다. 웅장한 스케일의 무대, 시공을 넘나드는 배우들의 연기에 무척 감동했던 적이 있다. 그래서 누가 시안을 간다 하면 으레 장한가 공연을 강력히 추천하곤 했다.

이처럼 한 도시에 대한 생각은 유적 자체보다, 그곳에서 체험한 인상적인 이벤트로 기억되기 십상이다.

이쯤에서 동서양을 대표하는 고대 도시, 로마와 시안을 비교한다면 어떨까? 로마를 일러 '영원의 도시'라고 한다. 로마제국의 수도 이래 지금도 여전히 수도의 영광을 누리고 있기에 그런 별명이 붙은 것이다.

그러나 나는 로마를 다르게 느낀다. '영원의 도시'가 아니라, '영원한 박물관의 도시', '영원한 긴장의 도시' 쯤으로 여긴다. 로마에는 십 년 간격으로 두 번을 갔지만, 그때마다 느낌은 비슷했다. 천 년 전에 세운 로마제국의 수도가 세월이 가도 변치 않는 무대 같았다. 그 무대 위에는 현지 주민도 배우이고, 스쳐가는 관광객들 역시 단역 배우들 같았다. 그뿐 아니다. 눈 뜨고 있는데도 코 베어간다는 우리네 속담이 무색할 정도로 소매치기 천국이었다. 안타까운 것은 신성한 성당 안에서조차 소매치기들이 버글거린다는 점이다.

대체 문명국가가 무엇이란 말인가? 외국 손님들에게 조상들의 영광스런 건축물만 자랑하면 다란 말인가? 여행 내내 한시도 긴장을 늦출 수가 없는 영원한 긴장의 도시가 로마였다. 무슨 연유로 소매치기들이 득시글대는 나라에 대해 후한 점수를 준단 말인가? 당신은 한 번도 털린 적이 없다고 자랑하며, 털린 사람더러 '돈 냄새 풍기다 그랬지 뭐'하며 타박만 하고 말텐가? 물론 유적마다 현지 경찰들이 있긴 있다. 하지만 그들은 소매치기를 방지한다기보다 '이곳에 소매치기들이 많소', 하는 걸 홍보하는 듯했다.

이와는 달리, 이곳 시안은 흥청거리는 시장 같다. 예로부터 동쪽 시장은 자국에서 생산한 상품들, 서쪽 시장은 서역으로부터 수입된 외래 물품들이 넘쳤다고 한다. 중국어로 물건을 뜻하는 '동시(東西)'는 바로

'동쪽 시장, 서쪽 시장'에서 유래했다고 한다. 화려한 상가가 있는가 하면, 거리에 난전도 즐비하고 행상도 많았다. 당나라 장안 시절의 국제시장의 분위기가 면면히 이어져 오는듯한 느낌이었다. 로마가 시종일관 긴장 분위기라면, 시안은 이리 기웃 저리 기웃하는 장마당 분위기이다.

진시황, 천하통일의 배후

누구에게나 편견은 있게 마련이다. 편견은 대개 그 사람 '생각 그릇'의 크기에 비례한다. 생각 그릇은 사람마다 다르다. 어떤 이는 간장 종지만 하고, 어떤 이는 태평양 같이 넓기도 하다. 진시황의 병마용을 보기 전에 내가 상상하던 진시황은 이랬다. 온갖 책을 불사르고 말 많은 유학자들을 산 채로 땅에 묻은 악랄한 황제(焚書坑儒). 하지만 병마용을 보고 나의 편협한 생각에 의심을 했고, 관련 기록들을 읽으면서 내 생각이 점차 바뀌어갔다. 뭐랄까? 무지가 한 꺼풀씩 벗겨지면서 진시황에 관한 생각이 입체적이 되었다고 할까.

이번에도 진시황릉을 지키는 지하군단, 병마용을 찾았다. 여러 번 보았어도 지겹지가 않다. 보면 볼수록 놀라운 것들이 새로 보였다. 무려 2200년 전에 이렇게 엄청난 프로젝트를 완수했다는 사실이 놀랍기 그지없다. 뭐랄까? 우리가 상상하던 고대는 대체로 상상 그 이상이다.

특히 고대 중국의 경우가 그렇다.

처음에는 어마어마한 규모에 놀랐고, 다음으로는 개성 만점의 인물 상들에 놀랐다. 병졸과 장교의 복장이 다르고, 개인의 무장도 다르다는 사실이다. 세 번째는 죽은 황제를 위한 이토록 거대한 미스터리가 2천 년 넘게 유지되었다는 점이다. 병마용에 대한 기록은 사마천의 사기를 비롯한 어떤 사서에도 기록되지 않았다. 이 거대한 역사(役事)가 어떻게 감쪽같이 숨겨질 수 있었단 말인가? 이것은 정교한 보안유지 시스템의 힘이다.

춘추전국시대의 진나라는 애초에 소국이었다. 전국칠웅(戰國七雄) 중에서도 가장 서쪽에 있는 척박한 땅의 나라. 하지만 기적같이 단기간에 부국과 강병을 이루었고, 동쪽으로 차례로 정복전쟁을 펼쳐 마침내 6개 나라를 평정하고 천하통일을 이룬다. 하지만 진나라의 최후, 망국의 역사는 진나라 사람이 쓴 게 아니라 한(漢)나라 사관이 쓰게 마련이다. 진시황과 진나라 조정을 깎아내리지 않고서는 정통성을 세우기가 어려운 법이다. 그래서 역사는 승자의 기록, 다시 말해, 승자의 입장에서 편집된 역사라는 말이 있는 것이다.

그리하여 나는 진시황이 이룩한 업적보다 그 업적을 이룩하기까지의 과정이 궁금했다. 사람들은 대개 꽃만 보고 그 뿌리는 무시하는 경향이 있다. 역사를 보는 관점도 대개 그렇다. 진시황하면 천하통일의 위업과 통일 이후 불과 15년 만에 패망한 사실만 강조하기 일쑤다. 하지만 전국칠웅 시대를 끝내고 천하통일을 이룬 데는 분명 특별한 이유가 있을 터. 과연 천하통일의 원동력은 무엇일까?

나는 민족과 출신 지역을 가리지 않는 인재 등용을 가장 먼저 꼽겠다. 전국칠웅 시대에는 떠돌이 유세객들이 많았다. 진나라 조정에도 그런 유세객들이 찾아왔다. 이들 중에는 상대국에서 정탐을 위해 보낸 간첩들도 많았다. 진나라에도 외국 출신의 인재들을 등용했다. 진왕(통일 이후에 진시황)의 바른 팔로 일컫는 참모도 초나라 출신의 이사(李斯)였다. 그는 성악설의 순자 문하에서 법가(法家)의 대표주자인 한비자와 동문수학한 사람이었다. 한때 진왕은 조정에 있는 외국 출신 선비들을 첩자로 의심하여 모두 내쫓기로 방침을 굳히고 축객 명령을 내린다. 그때 이사가 간절히 건의한 상소문 〈간축객서(諫逐客書)〉가 희대의 명문으로 전해지고 있다. 그 내용은 이렇다.

... 태산은 한 줌의 흙도 사양하지 않기에 그 높이를 이룰 수 있었고, 바다는 작은 물줄기도 가리지 않았기에 그 깊이를 이룰 수 있었습니다. (泰山不讓土壤, 故能成其大 河海不擇細流, 故能就其深). 모름지기 왕은 어떠한 백성이라도 물리치지 않아야 그 덕망을 천하에 드러낼 수 있는 것입니다. 이로써 국토는 사방으로 끝이 없고, 백성에게는 본국, 이국(異國)이 따로 없으며, 사시사철 아름다움이 충만하고,

귀신도 복을 내립니다. 이것이 바로 오제와 삼왕께서 적이 없었던 이유입니다.

지금에 이르러 진나라는 백성을 버려 적국을 이롭게 하고, 빈객을 물리쳐 주변 제후에게 공을 세우게 하며, 천하의 인재로 하여금 물러나 서쪽 진나라로 향하지 못하게 하고, 발을 묶어 진나라로 들어오지 못하게 하는 것입니다. 이것은 이른바 '적에게 병사를 빌려주고 도적에게 양식을 보내 주는 격'입니다. 진나라에서 생산 되지 않은 물건들 중에 보배로운 것이 많으며, 진나라에서 태어나지 않은 인재들 중에 충성하려는 자가 많습니다. 지금 빈객들을 추방하여 적국을 이롭게 하고, 백 성을 줄여 적국에게 보태 주어 나라 안은 텅 비고 나라 밖으로는 제후들에게 원한 을 사게 된다면, 나라를 구하고 위기를 일소하려 해도 어찌할 수가 없게 되는 것입 니다.

이사가 진시황에게 상소한 명문장이 바로 이 〈간축객서〉이다. 사람 들은 이 문장을 이렇게 줄여 말한다. '태산은 한 줌 흙도 사양치 않고, 바다는 작은 물줄기도 가리지 않는다(泰山不讓土壤, 河海不擇細流)'

인재 등용 다음은 무엇일까? 일찍이 대규모 관개사업을 펼쳐 부국의 기반을 닦은 것이다. 당연한 말이지만, 부국(富國)의 기반 없는 강병 (强兵)은 절대 있을 수 없다. 춘추전국시대에 부국의 방법은 딱 두 가지 였다. 농사를 잘 지어 매년 풍년을 만들거나, 이웃 부자나라의 재산을 약탈하는 것이다. 그런데 시황제의 증조부인 소왕(昭王) 때는 양쯔강의 최상류 민강에다 대규모 관개사업 〈두장옌(都江堰)〉 공사를 한다. 〈하거서(河渠書)〉에 의하면, 다음과 같은 기록이 나온다.

촉(蜀)에서는 촉의 장관인 빙이 바위산을 이대를 파서 말수(沫水)의 홍수를 피하고, 두 개의 강물을 성도 안으로 끌어들였다. 이 수로는 배가 다닐 수도 있고 관개에도 이용되었으므로 백성들이 큰 이로움을 누렸다. 수로가 지나가는 곳에서 때때로 그 물을 끌어들여 봇도랑을 만들었는데 그 수가 만 억을 세어도 모자랄 정도의 길이었다.

이 지방은 봄철마다 매번 홍수를 겪었다. 히말라야 설산에서 눈 녹은 물이 한꺼번에 들이닥쳤기 때문이다. 홍수는 민강에 숨어 사는 이무기의 장난이라는 전설이 있을 정도였으니, 그 지역 백성들은 홍수를 운명으로 받아들이고 있었다. 그런데 역사를 바꾼 위인이 등장했으니, 바로 재앙의 땅 촉군(蜀郡)의 신임 태수 이빙이다. 그는 홍수방지를 위해 민강 상류에 있는 바위산을 깎아 수로를 만든다. 그런 다음, 민강 본류를 갈라 지류로 만든 그 수로를 다시 관개를 위해 수많은 지류를 만들었다. 관개수로망의 모양이 마치 부챗살 같았다. 이 관개수로망을 통해 척박한 땅들은 일시에 기름진 옥답으로 변했던 것이다.

이 지점에서 한 가지 궁금증이 생긴다. 그 시대는 기원전 301년으로 다이너마이트는 고사하고 화약도 등장하기 훨씬 전인데, 도대체 바위산을 어떻게 쪼아내었을까? 해답은 장작불이다. 먼저 바위 위에다 장작불을 피워 바위를 오래 달군다. 그런 다음, 벌겋게 달궈진 바위에다 강물을 끼얹는다. 그러면 달궈졌던 바위가 갑자기 냉각하면서 표면에 금이 간다. 금이 간 데다 정(釘)을 놓아 조각조각 쪼아내는 것이다. 이 순서를 거듭하여 바위산을 'U' 자형 도랑으로 굴착했던 것이다. 이 공사로 인해 쓰촨 지방은 '하늘의 곳간(天府)'이라는 별칭을 얻을 정도로 대성공을 거둔다.

마지막으로 강력한 법 집행을 들 수 있다. '저 사람은 법 없이도 살 사람이다.' 어릴 적 어른들이 곧잘 하시던 말이다. 이 말을 달리 말하면, 예전에도 착한 사람들이 그만큼 귀했다는 말이기도 하다. 중국 대륙 서쪽의 소국이 천하통일을 이룩할 수 있었던 마지막 원동력은 법치국가를 만든 점이다. 풍부한 식량과 우수한 무기만으로 강한 군대가 만들어지지는 않는다. 엄격한 군율을 적용했기에 전국칠웅 중 최강의 군대가 되었을 터이다.

한편 진나라를 무너뜨리고 들어선 한나라는 무려 4백 년의 태평성대를 구가했다. 한나라 이후 당송시대까지 유지된 국가의 기반시설이나 군현제와 같은 정치체계는 순전히 진나라 때에 정착된 것이다.
2천 년 역사 동안 미운털이 박혔던 진시황! 그러나 21세기 초반 현재,

시안의 인민들은 진시황의 음덕을 과하게 입고 있다. 그 음덕을 적어도 향후 백 년 동안은 너끈히 누릴 것 같다. 왜냐하면 병마용의 추가 발굴, 진시황의 여산릉 발굴 계획 등, 앞으로도 세상을 놀라게 할 초대형 이벤트들이 대기 중이기 때문이다. 폭군의 오명 아래 가려져 있는 진실들, 어쩌면 그동안 드러났던 진실보다 앞으로 드러날 진실들이 더 많을 것이다.

화청지, 장한가의 무대

화청지(華淸池)를 찾았다. 이곳은 여산 기슭의 천연 온천욕장이다. 예순 살 현종과 스물일곱 양귀비의 사랑, 그 무대가 바로 이곳 화청지이다. 이제는 바닥까지 깡마른 박제된 온천욕장이지만 상상력을 자극하기엔 충분하다. 화청지 앞마당에는 탱글탱글한 양귀비가 반라(半裸)의 몸매를 자랑하고 있으니 말이다. 양귀비를 배경으로 인증샷을 찍으려는 사람들이 얼마나 많은지, 눈치 없는 사람은 한나절이 가도 사진 한 장 못 찍을 것 같다.

이제부터 화청지의 실체를 관람할 차례이다. 실내로 들어가니 2층 높이 벽면에 붙은 회랑을 따라 눈 아래 2개의 욕조가 있다. 동그란 꽃 모양의 해당탕(海棠湯)은 언뜻 보아도 작다. 하기야 두 사람이 즐기는 탕인데 클 이유가 없다. 본래의 화청지 건물이야 현종과 양귀비 두 사람만

은밀히 즐기는 비밀 공간이었을 테지만, 지금은 몰려오는 관광객들을 위해 개방 공간으로 되어 있다.

십 년 전쯤 처음 이곳에 들렀을 때, 야간공연 뮤지컬 〈장한가(長恨歌)〉를 관람했다. 여산 전체를 무대 배경으로 삼은 것도 놀라웠지만 더욱 놀란 것은 피날레 장면이었다. 현종과 양귀비가 마치 천사가 된 것처럼 하늘로 훨훨 날아가는 게 아닌가. 무협영화 와호장룡에서나 보았던 장면이니 탄복을 할 수밖에. 그 장면은 백거이의 장시, 장한가(長恨歌)의 마지막 구절을 재현한 것이었다.

하늘에서는 비익조가 되기 원하고/ 땅에서는 연리지가 되기 원하네/ 하늘과 땅은 시작과 끝이 있지만/ 이 가슴속에 맺힌 한은 끝날 때가 없으리.

(원문: 在天願作比翼鳥/ 在地願爲連理枝/ 天長地久有時盡/ 此恨綿綿無絶期)

한편 양귀비에 대한 궁금증이 든다. 양귀비가 얼마나 고왔으면 예순 살 현종이 한눈에 반했을까? 애초 양귀비는 며느리였는데 황제인 시아버지가 가로챈 것이다. 며느리의 미모와 그녀의 주특기 호선무에 혹한 나머지 간신 고력사와 짜고 아들로부터 며느리를 빼앗았던 것이다. 그 근거로 백거이가 지은 〈호선녀〉라는 시를 한번 살펴보자.

호선무 추는 아가씨 / 백거이

胡旋女/ 白居易

호선녀여, 호선녀여

마음 따라 줄(弦) 퉁기고 손 따라 북 울리니

현과 북 울릴 때마다 두 소매 치켜드네.

눈보라로 휘돌다가 쑥대 같이 구르며 춤추네

좌우로 돌고 돌아 지칠 줄 모르고

천번만번 돌고 돌아도 그칠 줄 모르네

이 세상 어떤 것도 비길 바가 있으랴,

내닫는 수레보다도 회오리보다도 더 빠르네

곡이 끝나자 천자께 절 올리니

천자도 빙긋이 이가 드러나도록 웃네.

호선녀는 강거(현재 우즈베키스탄) 출신인데

보람도 없이 동쪽으로 만 리 밖까지 왔구나

이곳 중원에도 호선자가 있으니

싸움질을 하도 잘해 너는 당치 못하리

천보 말년에 시절이 변하여

신하, 비빈, 사람들마다 교활함만 배웠네.

궁중에는 양귀비요, 궁 밖에는 안록산이라

두 사람이 호선무를 제일 잘 춘다네

이화원 안에서 태진을 귀비로 책봉하고

안록산을 금계병풍 아래서 양자로 삼았네

안록산의 호선무가 황제 눈을 홀려서

군대가 황허를 건너와도 반란인 줄 몰랐네

귀비의 호선무에 황제도 넋을 잃어

마외에서 죽여 버렸음에도 생각은 더욱 깊어갔네.

대지의 축도 하늘밧줄도 흔들리는 바람에

50년 동안이나 바로 잡지 못했네

호선녀여, 헛된 춤일랑 그만 추고

이 노래나 자주 불러 황제를 깨닫게 해주오

이 시를 보면, 양귀비와 안록산은 호선무에 뛰어났던 것 같다. 그 사실 하나만으로도 양귀비에 대한 인상이 달라진다. 초상화에 나오는 오동통한 모습에 당나라 때의 미의 기준에 늘 고개를 갸우뚱했었는데, '그럼 그렇지' 하는 생각이 든다. 양귀비는 초상화대로가 아니라 호리낭창한 허리의 미녀였을 지도 모를 일이다.

한편으로, 당시 관람을 하고 난 뒤 이런 생각을 했었다. 관람료가 무대 바로 앞쪽은 미화 50달러, 뒤쪽은 30달러인데, 당시 중국 초등교사의 초임 월급이 20만 원 정도였다. 교사에게도 버거운 공연비인데 일반 서민들에게는 엄청나게 큰 금액이 아닌가? 그러다 보니, 정작 자국민들은 소외를 당하고, 외국 관광객들만 즐기고 있었던 것이다. 과연 사회주의의 이상이 뭘까? 나라가 발전할수록 전통문화의 수혜를 가장 먼저 누려야 할 인민들은 높다란 담장 밖에서 풍악 소리나 듣고 있어야 한단 말인가.

지난 십여 년 동안 중국은 얼마나 변했을까? 가난한 사람은 조금 덜 가난해졌지만, 부자는 엄청난 부자로 변했다. 이 불균형은 언제 어떻게 제자리를 찾을 것인가. 사회주의 중국의 고민은 갈수록 심해가는 느낌이다.

에필로그- 다시 대륙의 시대는 오는가

장강의 뒷물이 앞 강물을 밀어낸다(長江後浪推前浪)

-중국 속담

길은 언제나 지름길이다.

오솔길도 문경새재도, 실크로드마저도

당대에는 가장 빠른 길

지름길은 언제나 개척자의 길이다

보릿고개 넘던 길, 사막을 건너는 대상(隊商)의 길

남극으로 가던 아문센의 길까지

길은 언제나 소통의 길이다

알프스 산맥과 보스포루스 해협을 뚫는 길

저승 같은 피안, 강철의 무지개까지

길은 언제나 화해의 길이다

국경과 종교, 시대와 이념을 가로지르는

모름지기 꿈꾸는 활주로

누구인가, 길을 여는 그들은

-졸저 〈연장 벼리기〉 중에서

길에 대한 관점은 다양하다. 어떤 이는 '사람들이 많이 다니다 보면 길이 절로 된다.'고 한다. 하지만 어떤 이는 그건 아득한 옛날 말이라고 한다. '요즘 길은 공들여 닦아가는 인공의 길'이라고 한다. 실크로드 여행 동안 길에 대해 많은 생각을 했다.

9일간의 중국 구간 실크로드 여행, '땅은 넓고 물산은 풍부한 대륙'이다 보니, 일목요연하게 정리하기에는 역부족이었다. 그래도 마무리하는 마당에 다음과 같이 정리해 보았다.

'실크로드'라는 말은 왠지 불공평하다. 비단결 같은 이름이지만 실제는 차이가 크기 때문이다. 생각해 보라. 동서양을 잇는 길의 실상은

양방향 소통을 전제로 한다. 비단길이란 중국에서 서양으로 나간 비단만 강조했으니 말이다. 또한 비단길은 통칭 '시안에서 로마까지'라고 하지만 실제 비단의 산지는 시안이 아니라 훨씬 남쪽 지방인 항저우나 쑤저우이다. 그런데도 불구하고 기점을 시안이라 하는 것은 애당초 무리가 있다는 말이다.

어쨌든 동서양을 잇는 교역로는 기원전 3세기 한나라 때 장건에 의해 서역길이 개척된 이래, 그 길 위로 헤아릴 수 없이 많은 사람과 물산이 오고 갔다. 중국에서 서방으로 주로 비단, 차, 도자기가 흘러갔다면, 서방에서 중국으로는 어떤 것들이 유입되었을까? 서역이라 불렀던 중앙아시아를 포함하여 천리마, 옥(玉), 유리, 향신료, 옥수수, 감자 등의 물산과 불교, 조로아스터교, 기독교 등의 종교가 유입되었다. 하지만 유사 이래 중국은 넓은 강토와 풍부한 물산으로 인해(地大物博), 서방에 대해 별로 아쉬운 게 없었다.

동서양 교역의 역사를 단순화해 본다면, 중국의 역대 왕조들은 자급자족으로 대체로 느긋했던데 비해, 서양 제국들은 늘 안절부절못하는 편이었다. 서양은 중국에 대해 탐나는 것들은 많은데 비해 자신들이 팔아먹을 것들은 너무나 적었다. 그래서 유럽은 2천 년 넘게 무역 역조에 허덕이고 있었던 것이다.

재미있는 일화가 있다. 16세기 후반, 영국 동인도회사의 상인들이 명나라에 팔아먹기 위해 화물선 가득 팔릴만한 물건들을 싣고 왔다. 철석같이 상품성을 믿었던 그 물건들은 바로 포크, 나이프, 그리고 양모(羊毛)였다고 한다. 하지만 중국에는 식사 때 젓가락을 사용하기에 포크와 나이프는 무용지물이었고, 양모 또한 기후가 따뜻한 남쪽에서는 아무도 거들떠보지 않았다고 한다. 하지만 중국산 비단과 차, 도자기는 갈수록 인기가 급증하는 바람에 무역 역조는 눈덩이처럼 커져만 갔다. 이리하여 영국이 반전의 술수를 생각해낸 것이 바로 아편이었다. 식민지 인도에서 생산한 아편을 중국에다 퍼뜨리기 시작했고, 단기간에 중국 백성들은 아편중독의 나락으로 빠졌던 것이다. 이것이 아편전쟁(1842)의 원인이 되었고, 결국 청나라는 쇠망의 길로 직행했다. 이런 명명백백한 역사적 사실에도 불구하고, 영국이 왜 '신사의 나라'로 대접받았는지 참 알다가도 모를 일이다.

실크로드의 노래는 관점에 따라 얼마든지 다양하게 변주된다. 현장스님이나 혜초스님과 같은 구법승(求法僧)들에게는 '수도승 로드', 고선지 장군이 패한 탈라스 전투를 통해 종이 만드는 장인들이 포로로 잡혀갔던 것으로 보면 '페이퍼 로드', 파렴치한 영국 상인들에게는 '아편로드', 조선의 개성상인들 관점에서는 '인삼 로드'도 될 수 있다.
　노선의 구간 정하기 또한 마찬가지다. 시안에서 로마까지가 아니라 신라 수도 혜초스님을 비롯한 구법승들의 관점에서 보면, 경주에서 인도까지, 일본의 나라, 교토에서 인도까지도 확장될 수 있는 것이다.

우리나라 경주시는 지난 몇 년간 실크로드 탐사 프로젝트를 추진하여 세상 사람들의 주목을 받은 바 있고, 상당한 성과를 이룩한 것으로 알고 있다. 이것은 남북분단 이후, 섬 아닌 섬나라로 우물 안 개구리에 머물고 있던 대한민국의 젊은이들에게 좋은 자극을 주었다고 믿는다. 대륙적인 기상의 회복 차원에서 대단히 바람직한 기획이었다고 생각하기 때문이다. 부디 일과성 프로젝트가 아닌 지속적인 사업이 되길 기원한다. 그리하여 경주의 명성을 넘어 대한민국의 글로벌 위상까지 높여주길 기대해 본다.

다시 중국을 생각해 보자. 1997년 개혁개방 이후, 중국의 변화는 가히 질주 수준이었다. 단적인 예가 고속철이라고 할 수 있다. 중국은 더이상 만만디의 나라도 아니고, 싸구려 짝퉁의 나라도 아니다. '세계의 공장'에서 '세계의 시장'으로 변신 중이고, 동아시아의 맹주를 넘어 유라시아의 허브 국가를 향해 달려가고 있다. 세계 최고의 외환보유고를 자랑하는 G2 국가로서, 2020년이면 미국을 넘어 G1 국가가 되겠다는 대국굴기(大國崛起) 중국몽(中國夢)의 야심을 숨기지 않는다. 물론 중국의 야심대로 순항하리라고 예상하는 전문가들은 드물지만, 중국의 행보가 세계 경제의 새 판을 짜고 있다는 사실은 분명하다. 그 야심찬 행보 중에 대표적인 것이 바로 '일대일로(一帶一路)' 프로젝트이다.

'일대일로(一帶一路)' 프로젝트는 일명 '新 실크로드 프로젝트'라고도 한다. 육로와 더불어 '바다의 실크로드', 다시 말해 중국 남부에서 인도양과 지중해를 거쳐 유럽과 아프리카까지 해양의 무역로를 복원하겠다는 것이다.

아무리 훌륭한 구상이라도 자금줄이 마련되지 않는다면 정치적 허사에 지나지 않는다. 일대일로 프로젝트를 뒷받침할 글로벌은행이 곧 '아시아투자개발은행 AIIB'이다. 우리나라도 57개 회원국 중 지분 5위를 차지하고 있다. 한편 박근혜 대통령의 집권 공약이었던 '유라시아이니셔티브 정책'은 흐지부지되고 있는 느낌이다. 이와 달리 중국의 '일대일로 프로젝트'는 활주로를 박차고 이륙하는 비행기의 기세이다. 그 변화는 이번에 돌아본 실크로드에서도 충분히 감지된 바 있다.

이번 여행에서 실크로드 상의 오아시스 도시들을 돌아보았다. 상하이에서 출발하여 우루무치에 내린 다음, 투루판, 둔황, 자위관, 무웨이, 란저우, 시안까지 7개 도시를 차례로 돌아보았다. 신기루같이 막연히 상상하던 실크로드가 뚜렷하게 실체를 드러내는 것 같았다. 뭐랄까? 길을 찾아 나섰건만 어느덧 길은 사라지고, 오아시스 도시들만 남은 느낌이다. 결론 삼아 다음과 같이 요약해 본다.

첫째, 실크로드는 선(線)의 문명이 아니라 점(點)의 문명이었다. 종래에는 동서양을 횡축으로 잇는 실크로드의 '로드'에 지나치게 관심을 기울였던 것 같다. 막상 실크로드를 따라 여러 도시를 답사한 결과는 전혀 달랐다. 그동안 길만 생각했지 그 길에 있는 도시들은 그저 스쳐 가는 간이역으로 생각했던 게 아니었나, 하는 반성을 했다. 뙤약볕 아래, 투루판의 화염산을 지나고, 가오창고성(高昌古城)을 들르며 깨달았다. 실크로드의 실체는 길이 아닌 사막 가운데 점점이 뿌려진 별 같은 오아시스 도시들에 있다는 사실을 말이다.

 둘째, 실크로드는 시안에서 로마까지, 로마에서 시안까지가 아니었다. 마르코 폴로 〈동방견문록〉의 영향력이 너무 컸던 나머지, 그 옛날 대상들이 십중팔구 로마에서 시안까지 왕래한 줄로 착각했던 것이다. 사실 수년이 걸리는 그런 여행길은 외교사절이나 구법승, 일테면 현장 스님이나 신라의 혜초스님 같은 사람들에 한정되었을 뿐이었다. 그 외 일반 상인들은 조선 시대 보부상들처럼 자신에게 연고가 있는 인접 몇몇 도시들을 왕래했던 것이다. 따라서 기점과 종점이 따로 정해졌다기보다 숱한 오아시스와 오아시스 간에 다양한 노선들이 존재했던 것으로 볼 수 있다. 다시 말해, 실크로드의 실체는 '로드road'가 아니라 네트net(網)였고, 동서 연결만이 아니라 동서남북을 거미줄처럼 연결하는 네트워크였다는 점이다.

셋째, 사막에 대한 재발견이다. '문명의 앞에는 숲이 있고, 문명의 뒤에는 사막이 있다'는 말이 있다. 이 말은 인간들이 모여 살기 시작하면서 숲을 서서히 황폐시키고, 그 숲은 결국 사막으로 변해버린다는 뜻이다. 특히 신장웨이우얼자치구의 박물관의 미라 전시관과 아스타나 고분군에서 새삼스럽게 깨달았다. 쿠무타크 사막이나 고비 사막도 본래부터 사막이 아니었고, 그곳에도 찬란한 고대문명이 존재했다는 사실을 말이다. 신장웨이우얼자치구를 보면서, 인류 4대 문명에 대해서도 새삼스럽게 의심이 들 정도였다. 또한 사막은 문명의 종말이 아니라 지속가능한 에너지의 보고(寶庫), 신문명의 진원지로 거듭나고 있었다. '사막의 과거는 숲이었지만, 사막의 미래는 에너지 보고이다.'

넷째, 실크로드 도시들의 부활이다. 실크로드 전성기에는 오아시스 도시들도 번영을 누렸을 것이다. 당시에는 이들 도시가 역참 기능으로 숙박비, 창고비, 중개료 등이 주 수입원이었을 것이다. 15세기 이후 바닷길의 부상으로 육로가 쇠락한 뒤, 이제 바닥을 치고 서서히 부상하는 느낌이다. 하지만 종전과 같은 역참 기능이 아니라 스스로 관광객들을 끄는 힘 센 자석을 개발하고 있는 것 같았다. 일례로 우루무치의 '천산 천지', 투루판 쿠무타크 사막의 사막 크루저, 둔황 밍샤산의 모래 썰매, 장예의 '치차이산' 등등……. 예전에는 없던 그 도시만의 볼거리, 먹거리, 놀거리를 개발하여 '스쳐 지나가는' 여행이 아니라 '머물러

돈을 쓰고 가는' 여행지로 변신 중이다.

　다섯째, 다시 대륙의 시대가 오고 있다. 16세기 초, 해양의 시대 등
장 이후 근 400년 동안 실크로드는 쥐 죽은 듯이 변했다. 하지만 이제
다시 대륙의 시대가 열리고 있다. 대표적인 사례가 중국의 일대일로 프
로젝트라 할 수 있다. 그것은 구호만 요란한 것이 아니고, 벌써 분위기
가 무르익고 있다는 느낌이다.

　1978년 등소평의 개혁개방 정책과 우선 부자(도시)들부터 만들자는
선부론(先富論)의 효과는 대단했다. 그 결과 상하이, 항조우, 텐진, 옌
타이, 칭다오 등 연안 도시들은 천지개벽을 한 듯이 발전했지만, 내륙
의 도시들은 빙하에 덮였던 것처럼 외면 받아왔던 게 사실이다. 그러
나 중국 당국은 '서부 대개발'의 기치를 걸고, 기반 시설들을 정비해
왔다. 이제 중국은 명실공히 G2 국가로서, 외환보유고 세계 최고의 재
원을 활용하여 유라시아의 허브 국가로 거듭나겠다는 야망을 내세우
고 있다. 그것이 바로 '일대일로 프로젝트'이다.

　실크로드, 여전히 신기루 같은 그 이름!
　조만간 다시 대륙의 길 위에 서고 싶다.

후기

'사람의 배짱은 여행을 통해 커진다!' 라는 말이 떠오른다. 나에게 배짱이라고 내세울 만한 것도 없지만, 만약 있다고 한다면 여행을 통해 배짱의 그릇이 커진 것이기 때문이다.

필자가 난생처음 해외로 나갔던 적은 1980년대 중반, 건설엔지니어로 사우디아라비아에 갔을 때였다. 모세가 건넜다는 홍해의 해변, 허허벌판 사막의 담수플랜트 현장에서 영상 40도를 오르내리는 땡볕 아래서 속절없이 비지땀을 흘렸다. 하루해가 저물 때면 나뿐만 아니라 근로자마다 제각기 등에 허연 지도들이 나타났었다. 돌이켜 생각해 보면, 그 뜨거운 시간으로 인해 내 배짱도 노릇노릇 굽혀졌던 것 같다. 그때 이후로 나는 그토록 싫어하던 여름을 사랑하게 되었으니 말이다.

해외 현장 근무 이래로 해외여행은 취미라기보다 일종의 탐사가 되었다. 마치 세계지도를 놓고 퍼즐 맞추기 하듯이, 해외여행을 해오고 있으니까 말이다. 웬만한 동남아 국가들은 달랑 배낭 하나 메고서 두루두루 돌아보았다. 짧게는 일주일, 길게는 한 달 넘게 배낭여행을 갔던 적도 있다. 그 과정에 낯선 나라에서 소매치기를 당한 적도 있고, 한밤중에 밀수범(?)으로 몰려 마닐라공항에서 험한 꼴을 당했던 적도 있다. 그래도 그때마다 뜻밖의 귀인이 나타나 손을 내밀어 준 바람에, 이날까지 잘 살아오고 있다.

숱한 나라들을 돌아다녔지만 그중에서도 중국 여행을 가장 많이

다녔다. 이번 중국 대륙 실크로드 여행이 서른여섯 번째 중국여행이었다. 여행의 미덕은 역시 역지사지(易地思之), 다시 말해 입장 바꿔 생각하기라는 말이다. 덕분에 그동안 신기루 상태로 머물러 있던 실크로드가 어느 정도 실체가 드러난 기분이다. 만약 기회가 허락된다면, 실크로드의 또 다른 구간을 찾아가고 싶다. 영순위로 고대 페르시아의 땅, 이란을 꼽고 있다.

이 책을 쓰는데 큰 도움을 준 이들이 있다. 초고를 읽고 귀한 의견을 주신 하우엔지니어링 자료실 이종선 실장, 박금수 부사장, 다음으로 '가나자와에서 일주일을'의 저자이자 필자의 둘째 여식인, 현아가 꼼꼼한 교정과 함께 족집게 훈수를 해주었다. 또한 실크로드 아흐레 여정 내내 고락을 함께 즉석 토론으로 나의 옹색한 생각 그릇(?)을 넓혀준 지인들께도 감사를 드린다. 그리고 이 글을 쓰는 동안 있어도 없는 듯 투명인간(?) 대접을 해준 아내에게도 감사를 표한다. 끝으로 '실크로드 여행기! 아직 멀었어요?' 하고 자기 일처럼 채근을 해주신 분들의 성원에도 감사를 드린다.

여행을 떠나는 동기는 대개 두 가지로 나뉜다. 한 가지는 복잡한 제 속을 훌훌 털고 비우러 간다. 또 한 가지는 방전된 배터리를 충전하듯, 허전한 속을 싱싱하게 채우러 간다. 실크로드는 이 두 가지를 동시에 만족시킬 수 있기에 어떤 사람에게도 강추! 할 수 있다.

마무리하는 마당에 생각해 본다. 신기루 너머 오아시스 도시들에 대한 감상을 조금 과하게 털어놓은 것 같다. 다시 가슴 속 배터리가 방전 신호를 보내오면 나머지 실크로드 구간도 찾아가고 싶다.